KB253795

오월의 들꽃처럼

오월의 들꽃처럼

김상호 수필집

수필과비평사

무모한 도전

‘구슬이 서 말이라도 꿰어야 보배’ 라는 속담이 있다. 아무리 좋은 것이라도 쓸모 있게 만들어 놓아야 가치가 있다는 뜻이다. 일을 벌여놓기만 하고 매듭을 짓지 못한다면 아무런 소용이 없다는 의미로도 해석할 수 있다.

등단한 지 만 6년이 넘었지만 여태껏 수필집 한 권을 출간하지 못했다. 5년이 경과하기 전에 책을 출간해야 무난하다는 친구의 충고에도 제대로 쓴 작품을 실어야만 된다는 강박감에 사로잡혀 수필집 발간을 차일피일 미루기만 했었다.

직장에서 명퇴한 후 귀향하자 친구가 글쓰기를 권유하였다. 지향하는 목표가 있어야 잡념도 없어지고 일상에 활력을 심을 수 있다는

게 그의 주장이었다. 친구의 제의가 그럴 듯하여 글쓰기에 도전한
게 엊그제 같은데 제대로 쓴 글 하나 없이 6년이란 세월이 훌쩍 지
나가 버렸다.

이러다가 평생 한 권의 책도 출간하지 못하고 허송세월할 것 같은
절박감이 내 가슴속을 짓눌렀다. 설령 글다운 글이 없다고 해도 그
동안 써놓은 부끄러운 글들을 한데 모아 정리하는 게 바람직하다는
생각이 들었다. 마침 문화예술재단의 문예 진흥기금을 받을 수 있는
행운이 찾아왔고, 이번 기회에 수필집을 출간하기로 마음을 굳히게
된 것이다.

글을 쓴다는 것 자체가 역경의 길이다. 세상에 어디 쉬운 일이 있

으랴마는 글재주도 시원찮고 문학적 소양도 모자라며 창의성도 부족한 나의 글쓰기의 길은 가시밭길처럼 험난한 과정이었다. 하필이면 왜 이렇게 어려운 문학을 선택하여 고생을 자처했을까, 무모한 도전인 것만 같아 여러 번 후회했었다.

인간은 누구에게나 '시시포스의 비극'이 있다고 한다. 땀을 흘리며 온갖 고생을 다하여 밀어올린 바윗돌이 산꼭대기에 다다르자마자 산 아래로 굴러 떨어진다는 사실을 알면서도 무거운 바윗돌을 정상까지 밀고 갈 수밖에 없는 게 인간의 원초적인 비극이다.

내가 지향하는 목표도 이처럼 부질없고 허망한 행위라는 걸 자인하면서 똑같이 그 험난한 역경의 전철을 밟게 되는 게 아닌가 싶다.

하지만, 그 이유만으로 글쓰기를 아예 포기하는 삶보다는 내가 걸어온 삶의 발자취를 단 한 권의 책으로 엮어 보는 것이 오월의 들꽃처럼 꾸밈이 없는 알찬 인생이 되지 않을까, 자위하고 싶은 간절한 마음이 들었다.

첫수필집 탄생을 위하여 많은 지도와 조언을 아끼지 않은 수필가 오태익 씨에게 감사한다. 또한 관심과 사랑으로 격려해준 아내와 출간을 도와준 모든 분들께 고마운 마음을 전한다.

2010년 가을에
김 상 호

차례

1...

꿈이 있는 사람은 마음이 풍요롭고 행복하다.
꿈이 없으면 삶의 의미가 퇴색하고 만다.
도전하는 자에게 꿈은 언젠가 반드시 이루어진다.
내 마음에도 꿈의 정원이 있다.

꿈의 정원

　마을 뒷동산 바가잣도는 개구쟁이 친구들과 어울려 쏘다녔던 놀이동산으로 어릴 적 추억이 한 아름 간직되어 있는 곳이다. '바가잣도'는 옛날 '박' 씨 성을 가진 사람들이 많이 살았다고 해서 붙여진 이름이라고 한다.

　바가잣도에서 북쪽 한라산 방향으로 넓은 아스팔트길이 시원스럽게 뚫렸다. 그 길을 따라 수백 미터가량 올라가면 고근산 기슭에 잘 꾸며진 정원이 발길을 붙잡는다.

　연못도 가지런히 놓여 있고 넓은 잔디밭 광장도 있는 곳이다. 군데군데 소담스런 정원수와 키가 큰 야자수가 시원스럽게 서 있고, 오솔길 길섶엔 우람한 바위들이 제각기 멋을 뽐내고 있는 아름다운 정원이다. 퇴근이 늦어 해거름에 고근산을 올라가지 못하는 날은 이 정원까지 걸어서 다녀오곤 한다.

저녁식사 후 밤이 이슥해지자 산책에 나섰다. 차가운 공기가 옷깃을 여미게 한다. 잔디가 깔린 오솔길로 한걸음 발길을 옮겨놓는다. 잔디를 밟는 촉감이 푹신푹신하다. 가슴이 포근해진다.

잔디밭 넓은 마당에 이르렀다. 초롱초롱 반짝이는 별빛이 내려와 살포시 품속으로 파고든다. 나뭇가지에 앉아 있던 장끼가 푸드덕 어둠 속으로 날아갔다. 인기척에 놀란 모양이다. 잠시 후 다시 고요가 찾아온다.

정적이 감도는 정원과 내가 말없이 마주 보고 앉아 있다. 고즈넉한 밤 풍경이 마음을 흔들고 이런저런 생각에 잠기게 한다. 비록 이 정원이 등기부등본에 내 이름으로 등재되어 있지는 않지만 내가 이곳을 이용하고 있으니 소유자 못지않게 향유하고 있는 게 아닌가. 어느새 가슴속이 풍요로움으로 가득 채워진다. 나 혼자만 지상 낙원의 행복을 듬뿍 누리는 것 같다.

다른 농원은 캡스 경비구역으로 설정되어 있거나 집을 지키는 개를 키워 외부인의 접근을 막는 경우가 많다. 정원 둘레엔 돌담이나 울타리를 쳐서 경계표시를 하고 대문은 단단히 걸어 잠근다. 자기가 소유한 것을 혼자만 누리려는 마음 때문일 것이다.

이 정원은 입구에 출입문이 없어 누구나 들어가 볼 수 있도록 개방되어 있다. 손수 정성껏 가꾼 정원을 아무에게나 개방하는 것 자체가 의외의 발상이다. 정원 입구에 문을 달지 않은 이유가 무엇일까. 인위적인 설비가 아름다운 정원의 경관을 훼손한다는 생각에서일까, 정성을 들여 가꾼 정원을 다른 사람에게도 공개하여 기쁨을 함께 나누려는 마음에서일까.

두 가지 생각이 다 아름답지만 함께 나누려는 마음이 더 클 것이라 믿고 싶다. 영원히 소유할 수 있는 것은 이 세상에 아무것도 없다. 잠시 소유하곤 고스란히 두고 떠나는 것이 인간의 삶이 아닌가. 설사 한동안 소유한다고 해도 그걸 향유하지 않으면 무슨 소용이 있으랴. 다른 사람들과 즐거움을 함께 누리려는 주인의 넉넉한 마음이 고상하고 아름답다는 생각이 든다.

우리는 울타리 문화에 젖어버린 듯하다. 개인이나 조직이나 자기 소유물에 울타리를 쳐서 영역을 표시하는 걸 좋아한다. 남의 접근을 경계하며 서로 단절된 생활을 하고 있다. 울타리 안과 밖이 전혀 다른 세상이다.

한 지역에 있으면서도 서로 동떨어진 세상에 따로 사는 것 같다. 나는 너를 알지 못하고 너는 나를 알지 못한다. 서로 알려는 노력이나 시도도 하지 않는다. 자기만의 세계에 도취하여 자기 위주로만 살고 있는 것이다.

서로 교류하고 이해하고 포용하는 마음이 부족하다. 타협에 인색

하고 상대를 배려하거나 함께하려는 공동체 의식이 없어지고, 남이야 어찌 되든지 자기만 편하면 그만이라는 이기주의가 팽배해지는 것이 아닌가 싶을 때가 있다.

이제 울타리를 허물어야 한다. 서로 소통하고 교류하고 공유하고 대화하며 살아야 사람 사는 맛이 난다. 가슴을 열고 마음의 벽을 허물면 좋겠다. 서로 살아가는 모습을 보면서 이해하고 살갑게 어울리면 좀 더 행복해지지 않을까 싶다.

정원 주인은 자신의 꿈을 이 정원에 심으려 한 것 같다. 꿈이 있는 사람은 마음이 풍요롭고 행복하다. 꿈을 가꾸는 정원 주인이 부럽다는 생각을 떨칠 수가 없다.

인간은 꿈과 지향하는 것이 있어야 한다. 꿈이 없으면 삶의 의미가 퇴색하고 만다. 꿈이 없는 인생은 무미건조한 삶이다. 역경을 무릅쓰고 힘든 일도 마다치 않고 노력하며 살아가는 것도 꿈을 실현시키기 위해서일 것이다.

나는 지금까지 어떤 꿈을 이루려고 살아왔는가. 딱히 내놓을 만한 꿈이 없는 것 같다. 지금부터라도 새로운 삶의 목표를 정하고 그걸 실현하기 위해 심혈을 기울여야겠다는 생각이 든다. 도전하는 자에게 꿈은 언젠가 반드시 이루어진다. 내 마음에도 꿈의 정원이 있다.

과수원집

밴돌 감귤원에 빨간 지붕의 남향집이 한 채 아담하게 서 있다. 아버지의 정성이 고스란히 배어 있는 소담스런 집이다. 남쪽 경계에서 바라보면 주변 나무들과 어우러진 빨간 지붕의 집이 한 폭의 그림처럼 아름답고 포근한 모습이다. 앞마당에는 두 그루의 종려나무가 좌우에 기린의 목처럼 길쭉하게 서 있고, 봄이면 매화나무, 목련나무, 배나무가 차례대로 꽃을 피워 가슴을 설레게 한다.

이곳을 '밴돌 과수원' 이라고 부른다. 지금으로부터 70년 전 일본에 계신 할머니께서 고향에 들렀을 때 아버지에게 농사지을 밭을 마련해 주신 것이다. 부모님께서 한평생 그 밭을 일궈 오시다가 장남인 내가 타향살이를 끝내고 귀향하자 물려주셨다.

밴돌 과수원집은 우리 가족의 안식처이다. 과수원에서 일 하는 날이면 일꾼들이랑 마루에 앉아 점심을 먹고 쉬는 곳이기도 하다. 뒤쪽 창문을 열면 시원한 바람이 온몸의 피로를 말끔히 씻어준다. 평소 주인이 살지 않는 빈집이지만, 사방이 훤히 내려다보이는 곳에 의연한 모습으로 서서 과수원을 지켜주고 고즈넉한 동산에서 고독을 즐기기도 한다.

수년 전 갑자기 몰아닥친 태풍으로 뒤뜰의 삼나무가 쓰러지면서 밴돌집 지붕을 덮쳤다. 슬레이트 지붕에 구멍이 뚫려 창고에 있던 농자재가 모두 비에 젖어버렸다. 그 광경을 보신 어머니께서 깜짝 놀라 걱정이 태산이셨다.

부모님의 근심을 덜어 드리기 위해서라도 보수를 서두르지 않을 수 없었다. 이번 기회에 헌 집을 전부 뜯어버리고 차라리 새 집을 짓는 게 낫지 않을까 싶은 생각이 들었다. 어떻게 할까 잠시 망설였다. 조급한 마음을 가라앉히고 곰곰이 따져 보니 경제성이나 효용성이 별로 없을 것 같았다. 새 집을 지어 임대한다고 해도 타산이 맞지 않고, 거주하는 집이 따로 있기 때문에 특별한 사유가 없는 한 굳이 새 집을 한 채 더 지을 필요가 없는 것이다.

아예 집을 완전히 철거하여 그 공간을 텃밭이나 화단으로 활용하거나, 감귤나무라도 한 그루 더 심는 것이 좋을 성싶었다. 하지만 그 마음도 접기로 했다. 밴돌 과수원집은 아버지의 정성과 얼이 서려 있는 곳인데, 다른 용도로 사용하려고 바로 허물어 버리면 아버지의 꿈을 무너뜨리는 꼴이 되지 않을까 싶은 생각이 들어서이다.

지붕만 수리하기로 마음을 정하고, 서둘러 회색의 낡은 슬레이트를 걷어내고 빨간 함석으로 교체했다. 새 옷으로 갈아입은 밴돌 과수원집이 그전보다 훨씬 화사하고 예뻐졌다. 부모님의 얼굴에 근심 걱정이 사라지고 안도의 미소가 피어올랐다.

아버지는 17년간의 교편생활을 그만두고 밴돌 감귤원의 조성에 힘을 쏟았다. 그 당시는 감귤이 귀한 시절이라 방풍과 도난 방지를 위해 밭의 둘레에 돌아가며 돌담을 쌓고 방풍수를 심었다. 돌담을 쌓는 비용이 꽤 많이 들었다. 어쩔 수 없이 아버지는 서귀포 칠십리 바다가 훤히 내려다보이는 전망이 좋은 '베물동산' 밭을 팔고 밴돌 과수원을 만드셨다. 지금 '베물동산' 밭은 아름다운 정원을 갖춘 개인 별장이 우뚝 서 있다. 그때 그 밭을 팔지 않고 그대로 놔뒀더라면 지금은 고가의 땅값을 받을 수 있었을지도 모른다.

집을 짓는 것은 행복을 심는 일이다. 자기 자신이 살 집은 평생 한 번 짓는다는 말이 있다. 인생이 짧기 때문에 행복을 심을 기회가 자주 오지 않는다는 의미로 해석할 수도 있을 것 같다.

과수원을 만든 지 수십 년 뒤에 아버지는 밴돌 과수원집을 지었다. 아버지로서도 처음 짓는 밴돌집 건축에 남다른 정열과 정성을 쏟으셨다. 집을 짓기 위한 목재나 재료도 당신께서 직접 골라 사들이셨다.

집이 완공되자 '희망을 심자, 꿈을 심자, 행복을 심자.' 라는 슬로건을 붓으로 정성껏 써서 거실 벽에 붙이고, 과수원 통로 시멘트 바닥에는 못으로 새겨놓으셨다. 아버지의 염원이 고스란히 배어 있는 글귀이다.

저녁을 먹고 땅거미가 짙어지면 아버지는 밤길을 걸어 동구 밖 밴돌 과수원집에 가서 하룻밤 주무시고, 다음 날 아침 일찍 집으로 돌아오곤 했다. 무엇을 위하여 당신 혼자 밴돌 과수원집에서 긴 밤을 지새웠을까. 지난 인생을 돌이켜 보면서 당신께서 지켜 왔던 가족의 안녕과 행복을 생각하며 잠을 설쳤을지도 모른다. 그동안 장남으로서 아버지의 인생에 너무 무심했던 것 같아 송구스러운 마음이 불쑥 고개를 내민다.

이제 팔순이 되신 아버지가 못다 이룬 꿈을 내가 이루어야 한다. 내가 밴돌 과수원에 심어야할 것은 과연 무엇인가.

돔배낭굴의 추억

돔배낭굴은 마을에서 2킬로쯤 떨어져 있는 호근 마을 지경의 해안이다. 수십 미터 높이의 기암절벽이 병풍처럼 길게 뻗어 있고 아름드리 해송들이 절벽 위에 일렬종대로 서서 우람한 자태를 뽐내고 있다. 소나무 사이로 새파란 수평선이 보이고 에메랄드빛 바닷물이 넘실거리는 앞바다엔 그림 같은 범섬과 문섬이 있어 운치를 더한다.

돔배낭굴은 도마처럼 평평한 바위와 나무에 둘러싸인 굴이란 뜻으로 붙여진 이름이 아닐까 추측해 본다. 바닷가 앞에는 길쭉하게 뻗은 도마 바위가 파도를 막아주고 바위굴 안에선 차가운 샘물이 솟아올라 여름철 피서지로 안성맞춤인 곳이다.

여름이 오면 내 가슴속에 잔잔히 흐르는 돔배낭굴 바닷가의 아련한 추억이 이따금씩 떠오른다. 백중이나 처서 날이면 돔배낭굴 바닷가는 낚시하는 사람, 해수욕하는 사람, 보말 잡는 사람들로 생기가 넘쳤다. 마을 사람들이 오순도순 노니는 바닷가의 정겨운 풍경이 지금도 아련하게 떠오른다. 별다른 위락시설이나 TV가 없었던 시절 마을 사람들에겐 돔배낭굴이 유일한 피서지이자 휴식공간이었다.

바닷가에 놀러 온 사람들은 바윗돌 안 샘물에 수박을 넣어두었다가 차가워지면 꺼내 먹곤 했다. 바위틈에서 솟아나는 샘물은 여름에도 얼음처럼 차가웠다. 해수욕을 마치고 바위 낙숫물로 몸을 헹구면 입술이 파래질 정도로 손발이 시렸다.

돔배낭굴 바닷가는 아버지와 같이 낚시를 즐겼던 장소이기도 하다. 낚시터인 갯바위에 이르려면 깎아지를 듯한 낭떠러지 절벽 사이로 경사가 완만한 암벽을 따라 바닷가에 내려가야만 했다. 처음엔 고소공포증으로 몸이 떨려 한 발자국도 내디딜 수가 없었다. 수십 미터 낭떠러지라 아찔하고 현기증이 났다.

아버지는 절벽 밑으로 시선을 주지 말라고 했다. 아버지가 먼저 내려가 내가 발을 디딜 곳을 지정해 주었다. 겁이 났지만 한 발자국씩 옮겨 내려갔다. 낮은 자세로 몸을 바위에 바싹 붙이고 고개를 돌려 틈새를 찾아 조심스럽게 발을 내디뎠다. 이마에 송골송골 땀방울이 맺히고 어렵사리 절벽 아래 바닷가에 다다랐다. 처음엔 암벽타기가 겁이 나고 두려웠지만 고기 낚는 재미로 아버지 곁을 따라다니다

보니 차츰 암벽타기가 익숙해졌다.

아버지는 호미로 모래를 파헤쳐 미끼로 사용할 갯지렁이를 잡았다. 미끼를 충분히 확보하고 수심이 깊은 갯바위로 이동하였다. 그 당시 아버지가 사용한 낚싯대는 대나무였다. 방언으론 '청대'라 불렸다. 청대 맨 끝에 낚싯줄을 매고 줄 끝에는 두 개의 낚싯바늘을 달았다. 낚싯바늘 바로 위에는 낚시가 바닷물에 가라앉도록 낚싯봉을 매달았다. 아버지는 갯지렁이를 낚싯바늘에 꿰고 수심이 깊은 바닷물에 낚싯줄을 드리웠다.

여름철 바닷가에 내리쬐는 햇볕은 몹시 따가웠다. 소매가 긴 옷을 입지 않으면 피부가 바로 화상을 입을 만큼. 아버지는 갈옷을 입고 머리엔 패랭이(밀짚모자)를 썼다. 나는 아버지 옆 자리에 앉아 작은 청대로 낚시를 했다. 고기 낚는 기술이 모자라서인지 미끼만 없어지기 일쑤였다. 아버지는 내가 미끼가 없어진 낚싯대를 들어 올릴 때마다 빙그레 웃으시며 낚싯바늘에 갯지렁이를 꿰어주셨다.

코생이, 우럭, 복어, 어랭이 등이 낚시에 걸리면 아버지는 기분이 좋아 '올라온다' 하고 함성을 지르며 낚싯대를 들어 올리곤 했다. 고기가 낚시에 걸려 올라오는 모습을 보면 나도 덩달아 신이 나곤 했다.

낚시하는 날 점심은 꽁보리밥에 오이와 된장이 전부였다. 낚시에 정신이 팔리면 시간 가는 줄도 모르고 점심때가 되면 몹시 허기졌다. 잡은 고기의 비늘을 긁어내고 바닷물로 깨끗이 씻어서 된장에 찍어 먹었다. 그때 그 맛은 정말 별미였다. 모든 게 귀했던 어린 시절 아버지랑 같이 바닷가에서 맛있게 먹었던 점심은 지금도 잊히지 않은 아름다운 추억이다. 어린 시절로 되돌아가고 싶다. 생각할수록 절절한 그리움이 가슴속에서 서성인다.

건망증

I.

　친구의 이름마저 잊어버리다니 참 난감하고 어이가 없었다. 나이가 들수록 뇌가 퇴화하는 것은 자연적인 현상일 테지만 건망증이 가끔 찾아올 때면 가슴이 무거워진다.

　어느 날 대전에 사는 친구의 이름이 생각나지 않았다. 명퇴 후 학원에서 주택관리사 시험 준비를 같이했던 친구이다. 얼굴은 선명히 떠오르는데 갑자기 이름이 생각나지 않았다.

　혹시 수첩에 친구의 이름이 적혀 있을까 싶어 연락처를 찾았으나 친구의 이름은 보이지 않았다. 이름을 바로 기억하지 못해도 이름 세 글자를 보면 금방 그 친구임을 알아낼 수 있을 텐데. 결국 휴대

폰에 저장한 친구 그룹의 이름을 모두 확인하고서야 겨우 이름을 찾을 수가 있었다.

텔런트나 영화배우 이름도 기억이 잘 안 날 때가 있다. 아무리 골똘히 생각해도 재생되지 않으면 가슴이 답답해진다. 최수종을 박수종, 김수종, 이수종으로 되뇌어 본다. 원래의 성과 다른 성을 붙이면 느낌으로 틀렸다는 것을 직감한다.

성과 이름이 전혀 기억이 안 나는 경우도 있다. 배우 신은경의 이름이 전혀 생각나지 않은 적도 있었다. 재생 못한 이름이 잠재의식 속에 머물고 있다가 며칠 후 우연히 수면 위로 떠올랐다. 가슴에 꽉 막혔던 게 일시에 씻겨 내려가는 것 같았다. 누가 사지선다형으로 물으면 내가 생각했던 배우의 이름을 바로 짚을 수 있지만, 배우의 사진을 주면서 이름을 묻는다면 얼른 대답을 못할 것만 같다.

강원도 관광을 마치고 돌아오는 날, 호텔에서 여행 가방을 정리하면서 휴대용 로션을 새 신발 속으로 쏙 밀어 넣었다. 집에 돌아와서 로션을 찾았으나 가뭇없었다. 영 마음이 개운치 않았다. 며칠 후 신발을 꺼내는데 로션이 톡 빠져나왔다. 신발 속에 로션을 집어넣었던 사실을 까맣게 잊고 있었던 것이다. 오래전 일도 아닌데 기억하지 못하다니 배시시 웃음이 나왔다.

아내도 잘 잊어버리는 건 마찬가지이다. 화장실에 다녀오고 화장실의 전등 끄는 걸 곧잘 잊거나, 출근할 때 승용차 열쇠를 어디에 두었는지 찾지 못해 허둥대기 일쑤이다. 건망증이 심해져 치매가 오는 것이 아니냐고 아내에게 농담을 건네곤 한다.

잘 떠오르지 않는 친구의 이름을 빈 종이에 여러 차례 적어보는 연습을 해보려고 한다. 칫솔질도 왼손으로 하고 걷기 운동을 할 땐 뒤로 걷기를 곁들일 것이다. 평소에 사용하지 않던 뇌의 훈련을 통해 친구의 이름이 한결 잘 떠오르리라.

메모하는 습관을 들여야겠다. 오늘 해야 할 일이나 좋은 생각이 나면 바로 메모지에 기록해 보는 거다. 일상 휴대품은 항상 일정한 위치에 넣고 다니는 것도 건망증으로 인한 착오를 줄일 수 있는 방법이라 생각한다.

건망증은 언제라도 느닷없이 찾아올지 모른다. 만약 장래에 원하지 않는 치매에 걸린다면 어떻게 해야 할까. 사랑하는 사람까지 잊을까 봐 괜한 걱정을 하며 마음을 졸인다.

Ⅱ.

황당한 일이 터지고 말았다. 난생처음 겪는 일이다. 점심값 계산을 잊고 식당 문을 나와 버렸으니 그저 아연할 따름이다. 식당주인도 동분서주하다 보니 나가는 손님들을 일일이 챙기지 못했다. 이건 보통 사건이 아니다. 점심을 먹고 요금 내는 걸 잊어버릴 정도면 중증의 건망증이 아닌가. 기억상실증 회복을 위한 긴급 대책이라도 강

구해야 하나.

　모처럼 직원들과 점심시간에 외식하고 사무실로 돌아왔다. 점심 값을 치렀는지 아리송했다. 혹시 계산을 잊고 그냥 나온 게 아닐까 싶었다. 마음에 걸려 식당으로 전화를 했다.

　"기억이 잘 나지 않는데 제가 점심값을 냈는지요?"

　안면이 있는 주인에게 물었다.

　"현금으로 지급했을 겁니다."

　주인은 그냥 대수롭지 않게 대답했다.

　'그럼. 내가 돈을 지불해 놓고 착각하고 있는가 봐.' 마음속으로 생각했다. 용무가 있어 외출했을때 여직원에게서 전화가 왔다. 주인이 내 전화를 받고 여종업원에게 점심값을 받았는지 물어보았던 모양이다. 여종업원이 점심값을 받지 않았다고 하자 다시 사무실로 전화를 건 것이다.

　'그래, 내가 점심값을 지급하지 않은 게 맞아.' 맥이 빠진 채 혼자 중얼거렸다. 곧장 식당에 들러 주인에게 점심값을 건넸다. 점심값 을 받은 주인은 고맙다며 점심값 일부를 되돌려 주는 것이 아닌가. 한사코 사양해도 막무가내였다. 정직하게 신고해 준 대가로 그가 점 심값을 깎아준 것이다. 중증 건망증 때문에 싼 점심을 먹었다. 울 수도 없고 웃을 수도 없는 일이었다.

열무김치

밴돌 과수원 텃밭의 무 잎사귀가 파릇파릇 생기가 넘친다. 연녹색의 파란 잎이 마치 아기 손처럼 여리고 싱그럽기만 하다. 지난달 어머니께서 정성 들여 뿌린 무 씨앗이 어느새 훌쩍 자라 텃밭을 푸른 빛으로 물들였다.

어머니께서는 어린 무를 솎은 후 밴돌집 마당에 앉아 투박한 손으로 일일이 다듬어 비닐봉지에 담아 주셨다. 어머니의 정성이 소복이 담긴 것 같아 금세 가슴이 봄볕처럼 포근해졌다. 집에 갖고 온 열무를 아내에게 건네며 열무김치를 담가 먹으면 좋겠다고 말했다. 아내의 입가에도 잔잔한 미소가 번졌다. 뿌리째 솎아낸 어린 무 잎사귀로 담근 열무김치를 제주 방언으로는 '초마기김치' 라고 일컫는다.

불현듯 중학교 시절의 아련한 추억이 파노라마처럼 스쳐 지나간다. 중학교 시절 여름방학 때 제주시에서 고등학교에 다니고 있는 누나의 자취방에 간 적이 있었다. 제주시내 중심가도 구경하고 싶고 누나가 자취하고 있는 집에 가 보고 싶었다. 교통수단이 불편했던 시절 산남의 학생들이 제주시에 있는 학교에 다니려면 방을 얻어 자취를 했다.

그 당시 서귀포에서 제주시로 통하는 도로라곤 제주섬을 한 바퀴 삥 도는 일주도로와 한라산을 가로지르는 5. 16 횡단도로밖에 없었다. 지금이야 새 도로도 많이 뚫렸고 도로폭도 넓혀져 집에서 제주시까지 승용차로 50분이면 거뜬하게 도착할 수 있지만, 그 당시로선 제주시가 어찌나 멀게 느껴지든지.

지금처럼 자가용도 거의 없었고, 대형 버스와 5.16도로의 마이크로버스가 유일한 대중교통수단이었던 시절이었다. 게다가 내가 살고 있는 서호 마을에서 서귀포까지 왕래하는 시내버스도 등하교 시간을 제외하면 띄엄띄엄 있고, 서귀포에서 제주시행 버스를 타려면 한 시간 이상 기다리기 일쑤였다.

도로폭도 좁고 꼬불꼬불 커브가 많은 5.16도로로 성내(제주시)까지 가려면 한 시간 반 정도의 시간이 걸렸다. 그 당시 산남사람들은 제주시를 '성내'라고 불렀다. 당연히 지금처럼 서귀포에서 제주시로 통학한다는 건 그 당시론 엄두도 못 냈다.

원래 누나는 서귀포 시내에 있는 중학교만 졸업하고 가사 일을 돌보았다. 가정 형편이 여유가 없는데다가 남존여비 사상의 뿌리가 깊었던 시절이어서 딸은 중학교 이상 보내지 않는 시절이었다. 학구열이 강했던 누나는 기회가 생길 때마다 부모님께 고등학교에 보내달라고 조르곤 했다. 결국 누나는 중학교를 졸업하고 몇 년 후에 늦깎이로 제주시에 새로 생긴 모 여자상업고등학교를 입학하게 되었다.

그 시절 분위기로 보면 부모님께서 자식에 대한 교육관이 다른 집안보다 훨씬 진취적이 아니었나 싶다. 3남 3녀의 자식을 슬하에 두고 밭농사를 짓는 어려운 살림에도 누나를 제주시에 있는 고등학교에 보낸 걸 보면. 어려움을 감내하면서 누나가 원하는 학교에 기꺼이 보내준 것은 당신들께서 못 배운 한을 사랑하는 자식에게 대물림하지 않으려는 마음에서 우러나온 것이 아닌가 싶다.

가정형편이 녹록치 않다는 걸 누나가 모를 리 없다. 절약이 몸에 배어 있는 누나는 한 푼이라도 아끼려고 노력하였다. 심지어 반찬 살 돈이 없으면 소금을 반찬으로 삼아 밥을 먹는 날이 잦을 정도였으니. 먹을 거 제대로 먹지도 못하면서도 배움에 대한 욕구만은 누구보다 강했던 누나는 좋은 성적으로 여상을 졸업할 수 있었다.

누나가 살았던 자취방은 마루를 중심으로 주인이 사용하는 방과 서로 마주 보고 있었다. 주인아주머니는 마룻바닥에 밥상을 차려 음식을 드셨다. 주인 집에는 고등학교 다니는 아들이 한 명 있었다.

어느 날 주인집 아들이 거실 마루에서 쌀밥과 열무김치가 놓인 밥상을 차려 점심을 먹는 모습이 보였다. 밥을 한 숟갈 입에 넣은 다음, 고개를 위로 추어올려 손에 집어 든 열무김치를 자르지 않은 채로 입안에 가득 집어넣는 것이 아닌가. 음식이 들어간 양 볼이 볼록해졌다. 열무김치의 상큼한 냄새에 나도 모르게 입가에선 스르르 군침이 흘러나왔다. 맛깔스런 열무김치를 먹음직스럽게 한 입에 집어넣는 주인댁 학생이 그렇게 부러울 수가 없었다. 주인집 아들처럼 열무에 하얀 쌀밥을 한번 실컷 먹을 수 있다면 원이 없을 것만 같았다.

그러한 내 심정을 아는지 모르는지 주인집 아들은 오로지 점심을 맛있게 먹는 데에만 정신이 팔린 듯했다. 건넌방에서 지켜보고 있는 나에게 식사를 같이하자는 인사말은커녕 눈길조차 주지 않았다. 혹시 시골 사람이라고 업신여기는 건 아닌가 싶었다. 인정이라곤 손톱만큼도 없는 매정한 사람 같았다. 허기진 배를 움켜쥐었다. 만약 내가 그 당시 주인집 아들이었더라면 시골에서 올라온 어린 학생에게 점심을 같이 먹자고 다정스럽게 제의하였을 터이다. 나도 열심히 공부하고 성공해서 주인집 아들처럼 열무김치에 하얀 쌀밥을 맛있게 먹어야되겠다고 다짐했다.

해질 무렵 고근산 산책을 다녀온 후, 아내랑 부엌 식탁에 마주 앉아 싱싱한 열무김치를 반찬으로 저녁밥을 먹는다. 쌀밥과 열무김치

의 어울림이 정말로 찰떡궁합인 것 같다. 열무김치 속에는 시리고도
따뜻했던 어린 시절의 추억이 들어 있다.

아버지의 유언장

이른 아침에 초인종 소리가 울렸다.

'이른 시간부터 누가 벨을 울리지?'

세수를 하다 말고 홈 오토 모니터 창으로 발을 옮긴다. 대문 앞에 서 있는 아버지의 모습이 보였다. 얼른 버튼을 눌러 대문을 열어 드렸다. 현관문을 열고 거실로 들어온 아버지께 아침에 일찍 찾아오신 이유를 여쭈어 보았다.

"이 서류 일곱 장만 복사해다오."

아버지께서 내민 봉투를 열어보니 A4지 11쪽 분량의 유언서였다. 깜짝 놀라 눈이 동그래졌다.

"아버지! 이건 유언장이잖아요."

"정정했던 동네 어른이 갑작스레 돌아가시는 걸 보고 건강할 때 미리 작성해야 되겠다는 생각이 들었다."

손수 정성껏 작성한 유언장을 자식들에게 미리 나눠 주기 위하여 복사를 부탁하러 온 것이다. 유언장에는 자식에게 당부하고 싶은 사항, 묏자리, 비문 등이 자필로 정성스럽게 씌어 있었다.

가운이 기울어져 가는 시기에 아버지는 일본 오사카 야전에서 태어나셨다. 할아버지는 삼 형제 중 둘째이시다. 큰할아버지와 작은할아버지는 일본으로 건너간 후 행방불명이 되어버렸다. 아버지가 세 살 무렵 일본에서 제주로 귀향한 할아버지께서는 젊은 나이에 갑자기 세상을 떠나고 말았다. 가계를 이을 핏줄이라곤 아버지뿐이셨다.

할아버지가 돌아가시자 할머니는 생계를 꾸려나가기 위하여 일본으로 건너가기로 결심했다. 일본에 가면 공장에서 일해야 되기 때문에 그 당시 네 살짜리 아버지를 데려갈 수가 없었다. 어쩔 수 없이 할머니는 어린 아들을 시어머니에게 맡기고 떠나야만 했다. 아버지는 증조할머니 슬하에서 어린 시절을 보냈다. 남편과 자식을 모두 잃은 증조할머니로선 삶의 낙이라곤 오로지 손자를 훌륭히 키우는 일뿐이었다. 남은 생애를 손자인 아버지에게 아낌없는 사랑을 베풀다 돌아가셨다.

아버지는 어지러운 시국을 만나 파란만장한 청년 시절을 보낼 수밖에 없었다. 생각만 해도 소름이 끼치고 끔찍했던 4 · 3사건과 6 · 25 전쟁을 겪으면서 죽을 고비를 여러 차례 넘기셨다. 주위의 일가 친족 어르신들은 우리 집안을 죽은 고목에서 새순이 돋아난 가정이라고 입에 올리곤 한다.

당신께서 혹독한 난리를 겪으면서도 온갖 역경을 이겨내고 온전하게 살아남아 3남 3녀의 자식을 낳고 자손을 번창시킬 수 있었던 기적의 원천은 증조할머니의 손자에 대한 지극한 사랑과 정성 때문이었다고 종종 말씀하시곤 한다. 증조할머니 슬하에서 유년시절을 보낸 아버지로선 당신을 지극정성으로 키워주신 그분이 친모나 다름없었다.

아버지는 나이에 비해서 기력이 넘치고 건강하신 편이다. 앞으로 수십 년은 충분히 더 사실 것 같다. 그럼에도 언제 찾아올지 모를 죽음에 대비하여, 가족 공동묘지로 옮겨가 버린 상애밧 선영 먼 친족의 이장터를 당신께서 돌아가시면 묻힐 묏자리로 미리 선정한 것이다.

한 달 이상 드나들며 손수 산소 돌담을 정리했다. 유언장엔 이장터 묏자리에 시신을 묻어달라는 내용이 들어 있다. 나이가 들수록 산전수전 역경을 극복했던 이승에서의 삶을 서서히 정리하고 앞으로 다가올 영원한 삶에 대한 생각이 고개를 내미는가 보다.

여태껏 죽음은 나와는 먼 일로 여겼다. 죽을 때까지 아직도 시간이 넉넉히 남아 있는 걸로 믿고 싶었다. 열심히 살아도 바쁜 마당에 유언이라는 것을 생각하기조차 싫었다. 그러나 지천명의 중턱에서 주변의 죽음을 자주 접하면서 자연스레 죽음을 조금씩 생각해 보게 된다. 인생은 결국 무덤을 향해 가고 있다는 생각을 저버릴 수가 없다. 태어난 순서로 찾아오는 건 아니지만 죽음의 사자가 언제 갑자기 노크할지는 누구도 모를 일이다.

내일 당장 저승사자가 찾아와 같이 가자고 손짓을 한다면 나는 무엇을 어떻게 해야 할 것인가. 나와 관계를 맺었던 아내, 자식, 친구들에게 하고 싶은 말들도 생각해 본다. 정리하지 못하고 세상에 남겨 놓은 일들을 되뇌어 보면서 안타까운 심정으로 목이 멜 것도 같다.

죽음이란 무엇일까. 영원한 수면 상태는 아닐까. 과연 사후의 세계가 있는 것일까. 삶과 죽음은 멀리 떨어져 있는 것이 아니라 서로 가까이 이어진 것만은 부인할 수 없는 사실이다. 상상하기조차 싫은 죽음, 언제 찾아올지 모를 죽음을 차분히 수용하고 미리 준비하지 않으면 안 된다.

죽음을 준비하는 일은 그 자체만으로도 삶의 여정에서 현명한 행동이 될 수 있을 터이다. 건강할 때 유언장을 미리 작성할 수 있었던 아버지의 여유로운 삶이 더없이 부럽다.

뒤바뀐 기쁨

　청명한 일요일 아침 공기가 맑고 상쾌하다. 아내와 산에 가기 위해 대문을 나서는데 막내 딸내미가 뒤따라와선 용돈을 달라고 조른다. 용돈 주는 날도 아닌데 느닷없이 돈을 달라고 할까.

　"용돈 주는 날이 아니잖아."

　"학생회장 선거에 입후보했어요."

　"뭐라고? 사전에 아빠와 상의하고 결정해야지."

　"아빠랑 얘기할 시간이 없었잖아요. 엄마한테는 이야기했거든요."

　평소 공부엔 관심이 없고 운동이나 학교 행사에는 무척 열정을 쏟는 딸이다. 사실 공부만 열심히 하는 얌전한 딸로 키우고 싶었다.

운동선수도 지원하지 못하게 하고 서귀포에 있는 A급 학교에 입학
시켰었다.

　뜻대로 되지 않은 게 세상사인가 보다. 부모의 의도와는 달리 딸
은 공부하려는 열의가 부족해 속상했다. 그런데다 이제 와서 학생회
장까지 입후보한다니. 설사 선거에 출마해 보았자 경쟁이 치열해 떨
어질 게 분명한데 괜히 헛물켜는 게 아닌가 싶어 마음이 무거워졌
다.

　얼굴은 마음의 거울인가 보다. 어두워진 아빠의 표정이 용돈을 주
지 않을 것처럼 보인 모양이다. 딸내미가 토라져 방으로 들어가 버
린다. 얄밉다고 그냥 무시하고 외출하려니 발길이 영 떨어지지 않는
다.

　자식 이기는 부모 없다는 말이 맞다. 하는 수 없이 닫힌 대문을 열
고 집안으로 들어가 노크한다. 문이 열리지 않았다. 딸이 문을 걸
어 잠가버린 것이다.

　문을 계속 두드렸다. 마지못해 문을 열어 주어 들어가 보니 딸이
침대에 앉아 울먹이고 있다. 마음이 많이 상한 것 같았다. 욕지기가
나는지 화장실로 달려간다. '세 살 적 버릇이 여든까지 간다.' 는 속
담이 틀리지 않다. 딸은 어릴 적부터 화를 못 이겨 감정이 격앙되면
먹은 걸 토하는 버릇이 있다. 군소리 없이 용돈을 주었더라면 이런
일이 없었을 텐데 미안한 마음이 가슴속에 밀려온다.

“여기 용돈 놓고 간다. 이왕 회장선거에 입후보했으니 최선을 다 해라.”

눈시울을 훔치는 딸내미를 다독거리고 방을 나왔다. 토라진 마음을 달래주지 않고 외출해 버렸더라면 딸내미가 마음에 상처를 입을 뻔했다. 집을 나서는 발길이 한층 가벼워졌다.

회장 선거가 있는 날이다. 오후에 딸내미에게서 전화가 걸려왔다. 회장선거에서 떨어졌다고 했다. 예상했던 일이라 낙담하지 말라고 위로의 말을 건넸다. 그런데 다시 회장으로 선출되었다고 말하는 게 아닌가. 딸은 아빠를 깜짝 놀라게 해주려고 처음엔 반대로 이야기했던 것이다.

딸내미가 급우들에게 인기가 있는 것 같았지만, 그게 설마 회장 선출로 이어지리라곤 꿈에도 생각지 못했다. 예상치 못한 결과에 잠시 어리둥절해졌다.

“장하구나! 축하한다.”

‘비록 내 딸이 공부는 소홀하지만 인간관계만은 좋은 편이구나.’ 딸내미가 장하고 기특하다는 생각이 들었다. 부모님께도 전화를 드려 딸의 기쁜 소식을 전했다.

사람은 누구나 타고난 소질이 있는가 보다. 선천적으로 공부 잘하는 사람은 공부로, 바둑 잘 두는 사람은 바둑으로, 운동 잘 하는 사람은 운동으로. 딸내미는 공부보다는 사회활동이나 조직관리 분야에 더 관심이 많은 듯하다. 자신의 개성과 재능을 충분히 살리는 일을 했으면 좋겠다. 이제 떳떳이 학생회장으로 선출되었으니 지지해 준 급우들이 실망하지 않도록 주어진 역할 잘 해 내고 학창시절 좋은 경험이 되기를 바란다.

인연

대학 1학년 때의 일이다. 교대 여학생을 대상으로 티 미팅을 추진한 게 간신히 성사되어 두 대학의 남녀 대학생들이 시내의 모 다방에서 서로 마주 보고 앉았다. 그 당시 대학생들의 미팅 장소는 주로 다방이었다. 파트너를 정하는 차례가 다가오자 긴장한 탓인지 학생들의 초조한 표정이 역력했다.

미팅에 참석한 여학생 중에서 얼굴이 갸름하고 순진하게 보이는 여학생한테 유독 눈길이 쏠렸다. 순수하고 복스러운 인상이 마음에 쏙 들었다. 그녀가 나의 파트너로 뽑혀주기를 마음속으로 기원했다. 내 기원은 금세 어긋나고 말았다. 그녀가 다른 남학생의 파트너가 되었기 때문이다. 한동안 아쉬운 마음이 가슴속에서 맴돌았다.

그 날 티 미팅에 두 명의 여학생이 불참하는 바람에 남학생이 파트너가 없었다. 어쩔 수 없이 짝짓기에서 제외된 남학생 두 명과 교대 측에서 미팅을 주선한 여학생 대표와 네 명이 호프집에서 합동 애프터 미팅을 해야만 했다. '남자의 몸에서 풍기는 향긋한 비누 냄새가 너무 좋다.' 는 미팅주선 여학생의 말을 지금도 기억하고 있다.

미팅 후 수개월이 흘러 한 해가 저물어갈 무렵이다. 내 딴엔 유종의 미를 거두려고 분주한 연말을 보내고 있었다. 그러던 어느 날 해질 녘 시내 중앙로를 지나가던 중 미팅에서 내 눈길을 사로잡았던 바로 그 여학생과 우연히 마주쳤다. 갑자기 가슴이 두근두근 뛰었다. 남녀의 인연도 간절히 염원하면 어느 날 불쑥 찾아 오는가 보다.

"안녕하세요. 어디 다녀오시는가 봐요."

두근거리는 가슴을 진정시키며 먼저 인사를 건넸다.

"서귀포에 갔다 옵니다."

그녀도 내 얼굴을 기억하고 있는지 밝은 미소로 정답게 화답했다.

"그래요 저도 고향이 서귀포인데…." 동향이라는 사실에 포근한 마음이 가슴속에 스며들었다. 미팅에서 호감이 간 이성을 우연히 만난데다 고향마저 같은 곳이라는 공감대가 자연스런 대화의 분위기를 조성한 게 아닌가 싶다.

다방에서 차 한 잔 마시자고 제의했다. 그녀도 밝은 미소를 지으며 쾌히 승낙했다. 사전에 약속하지 않았고 전혀 예기치 못한 장소에서 어느 날 갑자기 그녀와의 첫 만남이 이루어지고 사랑의 싹이 움트기 시작한 것이다.

졸업과 동시에 ROTC 소위로 임관하여 입대를 했다. 군 복무한 지 1년이 되어 중위 계급장을 달기 직전에 결혼 휴가를 얻어 그녀와 웨딩마치를 울렸다. 제대하고 직장을 얻은 후에 결혼하는 일반적인 순서를 거스른 것이다. 군 복무 중에 결혼하는 사람이 얼마나 있을까. 그 당시 나로서도 군인의 신분으로 결혼하는 자체가 무척 부담스러웠다. 제대하여 직장을 구하지 못한다면 처자식을 어떻게 먹여 살릴 수 있을까, 긴 밤을 지새우며 고민도 했었다. 가족을 부양한다는 의무감으로 어깨가 천근만근 무거웠다.

그래도 결혼을 빨리하지 않으면 사랑하는 여자를 영영 놓쳐버릴 것 같았다. 그녀가 다른 사람과 맞선이라도 보고 결혼해 버리면 어떻게 하나 걱정이 앞섰다. 남녀의 사랑은 상대를 독점하고 싶은 마음인지도 모른다.

조혼이든 만혼이든 단순한 생각으로 득실을 따져 저울질할 수 없는 게 인륜대사인 결혼이다. 이것저것 생각하지 말자고 다짐했다. 사랑하는 마음 하나로 그녀와 결혼하기로 마음을 굳히고 서둘러 일찍 결혼하게 된 것이다.

결혼 준비의 시간을 넉넉하게 갖기 위하여 일찍 귀향하는 바람에 정작 결혼식을 올린 후에는 신혼여행을 갈 시간이 없었다. 서울 창경원을 찾아가 낙타 앞에서 사진 한 장 찍고 바로 군 부대가 있는 포항으로 내려가야만 했다. 아내는 섭섭하고 아쉬운 감정이 가슴속에 고스란히 묻어 있는 듯 지금도 그때 신혼여행을 가지 못한 아쉬움을 가끔 얘기하곤 한다.

군 제대 후 보험회사에 입사하여 서울 본사에 근무하게 되었다. 아내는 고향에서 초등학교 교사로 재직 중이었다. 군복무 시절엔 결혼하고도 따로 살았지만, 남편이 사회에 발을 들여놓았으니 부부가 같이 살아야 한다고 생각했는지 아내는 좋은 직장을 미련 없이 그만두고 서울로 올라왔다. 그때 아내는 현모양처의 꿈을 가슴에 가득 안고 자신이 다니는 직장보다 부부의 사랑이 감도는 가정이 우선이라고 여겼던 것이다.

그 당시 아내가 직장을 그만 두지 않았더라면 우리의 장래는 과연 어떻게 전개되었을까. 내가 뭍에서의 보험회사 직장을 일찍 포기하고 귀향하여 다른 직업을 구하여 맞벌이했었더라면 지금보다 물질적으로 훨씬 풍요로웠을지도 모른다. 물질적인 여유만으로 지금보다 더 나은 행복한 삶이 보장될 수 있는 것일까.

인생은 선택의 연속이다. 두 갈래 길에서 본인이 선택한 길로 방향이 정해지고 스스로의 선택에 각자 책임을 지는 것이다. 내가 선택하여 걸어왔던 삶에 결코 후회하지 않는다. 지금까지 건강하고 의

식주 걱정 않고 자식 키우며 무사하게 살 수 있었던 지나온 삶에 그냥 감사하고 고마울 따름이다.

본사에 1년 근무한 후 일선 영업현장 소장으로 발령이 났다. 보험설계사를 관리하여 영업목표액을 달성하는 것이 현장소장의 임무이다. 보험영업은 내성적이며 사회성이 떨어진 내 성격과는 거리가 멀었다. 매월 주어진 목표를 달성하는 것이 사회초년생인 나에겐 큰 부담이어서 견뎌내기가 버거울 만큼 힘든 나날이었다. 하루에도 서너 번 그만두고 싶은 생각이 고개를 내밀었지만 나를 믿고 교사직을 포기하고 올라온 아내를 생각하면서 이를 악물고 참아야만 했다.

스트레스 때문에 몸이 쇠약해지고 토기가 자주 올라왔다. 아내는 남편의 건강을 위하여 메주콩을 삶아 믹서로 갈아 매일 아침 한 사발씩 마시도록 정성을 쏟았다. 아마 5년 넘게 그걸 마셨던 것 같다. 서서히 건강이 회복되기 시작했다. 아내의 정성과 헌신적인 사랑이 없었더라면 보험회사의 어려운 영업을 이겨내지 못하고 일찍 그만두고 건강마저 잃은 채 사회의 낙오자가 되었을지도 모를 일이다.

고진감래라 했던가. 역경을 이겨낸 덕택에 20년 보험 인생에 유종의 미를 거두고 퇴직할 수 있었던 것이다. 아내의 헌신적인 내조가 없었더라면 과연 현재의 내가 존재할 수 있었을까. 아내와 나는 하늘이 정해준 인연인 것 같다.

아들의 결혼

서울에 있는 맏아들에게서 전화가 걸려왔다.

"오는 주말에 애인을 데리고 찾아뵈려고 해요."

"애인? 결혼할 상대야?"

"예."

사전에 애인을 소개받은 적도 없었을 뿐더러, 대화를 나눌 때 여자 친구가 있다는 이야기를 들어보지도 못했다. 레지던트 기간이 끝나거나 군 복무를 끝낸 후 결혼 이야기가 나올 것으로 생각했었다. 예상치 못한 아들의 연락을 받고 당황스러웠다.

아내와 아들의 결혼문제에 대하여 상의하였다. 아내는 아들이 귀향하면 상의하여 결혼시기를 결정하자고 했다. 아내는 아들이 원하는 대로 해주고 싶은 마음인 것 같았다. 부모님도 가능한 한 빨리 결혼시키기를 원할 게 뻔하다. 부모님은 살아계실 때 증손자를 보고 싶을 것이다.

그러나 나는 가능한 한 뒤로 미루었으면 한다. 결혼하면 전셋집이라도 얻어야 신혼살림을 차릴 수 있을 텐데, 자력으로 주택마련 자금의 일부라도 마련하려면 시간이 걸릴 것이기 때문이다. 아들은 부모가 경제적으로 도와주기를 바랄지도 모른다. 대학졸업까지는 부모로서 경제적인 책임을 다했지만, 자식이 직장을 가진 이후에는 물질적으로 의존하지 않고 자력으로 헤쳐 나가기를 바란다.

제주 풍습은 농번기가 끝나 한가해지면 길일을 택하여 자식의 결혼식을 올린다. 결혼잔치는 보통 사흘 동안 진행된다. 첫째 날은 돼지 잡는 날로 친족들이 잔칫집에 모여서 음식을 준비한다. 둘째 날은 하객을 맞이하는 날로 가문잔치라고 일컫는다. 일가친척이나 지인들이 찾아와 음식을 먹은 다음 윷놀이 판이 벌어진다. 셋째 날이 되어서야 비로소 예식장에서 결혼식을 거행한다. 예로부터 내려오는 농경사회의 풍습이 전수되고 있는 것이다.

이 지역의 관습대로 아들의 결혼기간을 3일로 하는 것이 무난할 테지만 기간이나 형식보다는 실속이 중요하다고 생각했다. 맞벌이를 하기 때문에 차근차근 준비하고 격식을 차려서 큰일을 치르는 일이 부담스럽다. 시대의 추세대로 식당을 갖춘 예식장에 예약하여 하객 피로연과 결혼의식을 하루에 다 치르고 싶다.

주말에 큰아들이 애인을 데리고 집에 왔다. 미리 연락하여 아랫동네에 사는 부모님도 모셨다. 아들의 애인은 눈이 작고 왜소한 편이었으나, 마음씨가 착하고 붙임성이 있어 보였다.

바쁜 일정에도 부모에게 허락받으려고 일부러 서울에서 제주까지 내려온 아들은 할아버지와 할머니 그리고 우리 내외에게 용돈을 전했다. 첫 상봉에 좋은 점수를 따려고 무척이나 신경을 쓴 듯했다. 아들에게 결혼시기를 물으니 레지던트 2년 차쯤에 했으면 한다고 했다. 당장 결혼을 시켜달라고 하면 어떻게 할까 전전긍긍했었는데, 긴장되었던 마음이 봄눈 녹듯 풀렸다.

우리 부부는 군 복무 중 휴가를 얻어 결혼식을 올렸다. 제대하기 전 취업도 못한 상태에서 군인 신분으로 결혼한다는 게 무거운 짐을 짊어진 것처럼 어깨가 무거웠다.

결혼하는 전날은 솜 같은 함박눈이 펄펄 내렸다. 어머니가 손수 정성껏 만들어준 무명옷을 입고 눈을 맞으며 하객을 맞이하였다. 하객들은 눈이 내려서 복을 많이 받겠다고 한마디씩 건넸다. 지나온 세월을 돌이켜보면 쓰라린 애환도 더러 있었지만, 자식을 키우며 오순도순 살아온 행복한 인생이었다. 그때 아내와 서둘러 일찍 결혼하지 않았더라면 과연 오늘의 행복이 찾아왔을까. 눈이 내리는 날에 결혼하면 복을 받는다는 말이 딱 들어맞은 것 같다. 아들이 원한다면 굳이 결혼을 반대하지는 않을 것이다. 둘이 사랑하며 행복하게만 산다면 부모로서 더 바랄 것이 있겠는가.

고근산 예찬

　마을 뒷동산에 우뚝 서 있는 고근산에 산책길을 만들면서 시민들의 사랑을 듬뿍 받고 있다. 산을 좋아하는 사람들이 이 산을 아침저녁으로 오르내린다. 나도 아내와 같이 퇴근 후 이곳을 오르는 것이 일과가 되었다. 올라갈 때는 다소 힘들지만, 정상에 올라 솔솔 불어오는 바람을 만나고 눈앞에 펼쳐진 넓고 파란 바다를 대하면 하늘을 날아갈 듯 가슴이 후련하고 시원하다. 30분 정도 땀을 흘리면서 힘들게 오른 후 정상에서 느끼는 희열과 충만감은 그 어디에 비길 데가 없다. 이곳을 찾은 사람만이 경험할 수 있는 마음일 게다.

　이 오름은 해안가에서 좀 떨어진 기생화산으로 우리 마을 북서

쪽에 서서 겨울철 하늬바람을 막아준다. 이러한 자연환경 때문에 고근산 앞에 촌락이 자연스레 형성된 것이 아닐까 싶다. 오름의 정상은 가운데가 움푹 팬 원형분화구이다. 분화구를 제주방언으로 일명 '굼부리'라고 하는데 이 정상의 굼부리 주위를 한 바퀴 돌면서 주변경관을 감상하노라면 산 위에서 불어오는 바람이 온몸에 흘린 땀을 시원하게 씻어준다.

남쪽으로 눈길을 돌리면 새파란 수평선과 흰 구름이 흐르는 바다가 눈앞에 시원하게 펼쳐진다. 동남쪽으로는 지귀도·섶섬·문섬, 남쪽으로는 범섬·서근도, 서남쪽으로는 형제섬·마라도·가파도가 아스라이 얼굴을 내민다. 한눈에 시원스런 남쪽 바다의 그림 같은 풍경을 내려다 볼 수 있는 곳이다.

바다가 보이는 산이 그리 흔하랴. 파란 바다와 흰 뭉게구름이 두둥실 떠 있는 푸른 하늘, 파란 물감을 쏟아 놓은 것 같은 에메랄드 빛 바다에 떠 있는 섬, 하얀 서귀포 시가지와 바다 위에 홀로 서 있는 섶섬의 조화로운 풍경은 한 폭의 수채화를 보는 듯 아름답기 그지없다. 고즈넉한 남국에서 향수에 취한 한 마리의 새가 되어 푸른 하늘을 훨훨 날아가고 싶은 아담한 오름이다.

정상에서 서남쪽을 바라보면 군산·산방산·송악산, 북동쪽으로 시선을 집중하면 각시바위·솔오름, 동녘으로 고개를 돌리면 칡오름·영천오름·월라봉이 어린 시절의 아련한 추억 속으로 안

내한다. 북쪽을 쳐다보면 시오름과 한라산이 마치 어머니의 품속처럼 포근하다.

가을이 찾아오면 제철을 맞이한 잠자리들이 떼를 지어 분주하게 풀밭 위로 날아다니고, 저녁놀은 옥색 하늘에 고운 물감을 풀어놓은 듯 여러 빛깔로 물든다. 지는 해를 바라보며 사색과 상념의 시간을 갖기에 안성맞춤인 곳이기도 하다.

가을 바다에 황금어장이 형성될 무렵 정상에 올라서면 앞바다의 환상적인 불꽃놀이를 감상할 수 있다. 땅거미가 내려앉으면 고등어, 갈치, 한치잡이 배의 집어등 불빛이 불야성을 이룬다. 해안가 마을의 가로등불, 하늘에서 반짝이는 별빛까지 한데 어우러지면 마치 찬란한 빛의 축제를 보는 듯하다. 아무리 마음이 메말라도 황홀하게 펼쳐지는 고근산의 야경과 만나면 가슴속이 촉촉이 젖지 않을 수 없을 것이다.

유년시절의 고근산은 꼬맹이들의 달맞이 동산이기도 했다. 동네에 사는 K형이 "한가위 보름달을 고근산 정상에서 보면 마을에서 보다 훨씬 큰 달을 볼 수 있다."며 달구경을 가자고 부추겼다. 그의 말을 곧이곧대로 믿고, 추석날 밤 동네꼬마 녀석들이랑 가쁜 숨을 몰아쉬며 비탈진 산길을 올라갔다. 막상 정상에서 바라본 한가위 보름달은 마을에서 볼 때의 크기와 매한가지였다. 좀 실망했지만 힘든 등산 후 온 누리를 환하게 비추는 보름달을 마주 대하니 마치 정다운 사람을 만난 것처럼 가슴이 포근해졌다.

나무를 땔감으로 하는 시절이었기에 나무가 귀한 고근산엔 초가 집 지붕을 덮는 띠풀만이 무성했다. 이웃 동네 개구쟁이들이 달맞이 구경을 하고 먼저 내려가면서 장난삼아 샛길에 자란 띠를 묶어 군데군데 올가미를 만들어 놓았다. 그런 줄도 모르고 동네 아이들 틈에 섞여 내리막 언덕길을 뛰어 내려오다가 발이 올가미에 걸려 외마디 소리를 지르며 꼬꾸라졌다. 눈앞이 깜깜하고 눈물이 핑 돌았다.

잠시 후 정신을 차리자 손발이 몹시 쓰렸다. 아이들의 부축을 받고 간신히 집에 도착해서야 손발과 무릎에 피멍이 들어있는 걸 발견하였다. 하지만 부모님이 알면 야단맞을까 봐 손발의 상처를 숨겼다. 제때 치료를 못한 탓에 상처가 아물기까지 꽤 오랫동안 고생한 기억이 생생하다.

지금 생각해 보면 놀이도 많았고, 짓궂은 장난도 곧잘 즐기며 성장한 시절이었다. 개구쟁이 시절 한가위 달맞이의 추억은 내 가슴 속에 잊을 수 없는 아련한 그리움으로 오롯이 남아 있다.

바다와 산이 보이는 곳, 동굴과 기생화산이 있는 장소, 노루가족과 반딧불이를 만날 수 있고 해넘이와 해돋이를 감상할 수 있는 정상, 화려한 달맞이는 물론 태평양의 야경도 볼만하고, 가을이면 억새꽃의 화려한 군무도 볼 수 있는 오름이다. 천혜의 자연이 보존되어 생태계가 살아 숨 쉬는 고근산은 어느 누구에게나 자랑하고픈 마음의 고향이다.

2...

사랑의 깊이는 사랑하는 기간의 길이에서만
우러나오는 것이 아니다.
비록 사랑하는 기간이 짧더라도 얼마나 진정으로
서로를 극진히 사랑했느냐에 따라 사랑의 강도는 달라진다

오월의 들꽃처럼

5월 셋째 주 일요일에 '오름동아리' 산우들과 오름 정상에 올랐다. 연초록 물감을 뿌려놓은 듯 산과 들녘이 온통 초록빛 물결이다. 투명한 하늘 아래 펼쳐진 연초록의 산야를 내려다보니 가슴이 벅차오르고, 폐부 깊숙이 스며드는 싱그러운 봄바람이 답답했던 가슴속을 순식간에 확 트이게 한다. 정상에 올랐을 때마다 가슴이 뚫릴 것 같은 시원함도 산에 오르는 이유 중의 하나이다.

휴일에는 으레 배낭을 메고 오름을 오르는 것이 일상이 되어 버렸다. 산에 가면 절로 기분이 좋아지고 가슴이 설렌다. 걸어가면서 산우들과 대화를 나누는 것도 즐겁고, 잠시 쉴 때 산우들과 어울려 커피 한 잔 마시는 것도 좋고, 길을 걷다가 어여쁜 야생화를 보면 카메라에 슬쩍 담는 것도 산행의 묘미를 더해준다.

산에 가면 가슴이 절로 열린다. 처음 만나는 사람도 어색하거나 부담이 없이 마음을 열고 대화를 한다. 산에선 악인을 찾아볼 수 없을 것 같다. 숲속에서 나오는 맑은 공기와 신선한 정기를 받으면 누구나 마음이 착해지고 기분이 상쾌해지는 걸 보면 '이게 산만이 줄 수 있는 신비한 매력이구나!' 라는 생각이 든다.

하산 도중 야생화에 조예가 깊은 산우가 길가에 홀로 앙증맞은 꽃망울을 터트린 흰 꽃을 가리키며 그 꽃 이름이 '등심붓꽃' 이라고 내게 알려줬다. 가녀린 여인처럼 봄바람에 파르르 몸을 떠는 청초한 모습에 홀딱 반해 가슴이 떨렸다.

오월의 오름 들녘에서 파르스름한 입술로 미소를 지으며 행인의 발길을 붙잡는 꽃이 바로 '등심붓꽃' 이다. 등심붓꽃은 가느다란 꽃잎이 다섯 개로 이루어져 있다. 화려하지는 않지만 곱고 은은한 빛을 발하는 작은 꽃으로 꽃잎이 대부분 보라색이다. 어쩌다 재수가 좋은 날이면 오늘처럼 희귀한 흰색의 등심붓꽃과 마주치는 행운이 찾아오기도 한다.

등심붓꽃과 같은 시기에 별처럼 반짝이는 하얀 옷을 입고 산악인의 눈길을 사로잡는 꽃이 있다. 꽃 이름이 '구슬붕이' 이다. 구슬붕이는 흰빛이 감도는 연보라색 꽃잎이 열 장이다. 초롱초롱 반짝이고 은은한 빛을 토하는 아담한 꽃이다. 짙은 향기도 없고 어리광을 피우거나 교태를 부리지도 못하지만 여러 번 보아도 싫증이 나지 않는 정겨움이 배어 나오는 들꽃이다. 담백하고 은은한 미소를 다소곳이 머금을 줄 알고, 조용히 왔다가 말없이 사라지는 꽃이다.

등심붓꽃과 구슬붕이 두 꽃은 마치 자매처럼 외모가 비슷하고 둘 다 오월에 핀다. 세상에 많이 알려지지 않아 세인의 관심을 끌지는 못해도 앙증맞은 얼굴로 오월 들녘을 곱게 수놓는다. 빨간 양귀비처럼 매혹적이지도 않고, 화려한 철쭉꽃같이 온 산야를 핑크빛으로 물들이지도 못하고, 유월의 장미처럼 정열에 불탈 줄 몰라도, 화장도 하지 않고 수수한 옷차림 그대로의 여인처럼 소박하고 수수하고 소담스런 꽃들이다.

누가 알아주지 않는 작은 성취에도 자족하며 잔잔한 행복을 일궈가는 삶, 화려하지 않은 평범함 속에서도 건실한 자아를 발견하는 삶의 길을 선택하여 묵묵히 걸어가고 싶다. 오월의 들녘에서 그윽한 향기를 솔솔 풍기는 등심붓꽃과 구슬붕이처럼.

삼포로 가는 길

영화 〈삼포로 가는 길〉의 주연을 맡았던 '문숙' 이란 배우가 있었다. 그녀는 그 영화 출연으로 그해 대종상 신인상을 받아 영화계에 떠오르는 스타로 등장하였다. 그녀의 성장 배후에는 이 영화의 감독을 맡은 '이만희' 씨의 든든한 후원이 큰 힘이 되지 않았을까 싶다. 두 사람 사이의 지워지지 않는 짧고도 슬픈 사랑의 이야기가 세파에 시달려 메마른 내 가슴을 촉촉이 적셔 준다.

'문숙' 은 〈삼포로 가는 길〉 영화를 촬영하면서 '이만희' 감독과 연정의 싹이 튼다. 순수한 사랑밖에 모르는 소녀의 순진한 감성 때문이었을까, 자신을 캐스팅하여 자상하게 배려해 주고 정성껏 키워준 이 감독의 온정에 감화된 탓일까, 갓 스물을 넘긴 나이에 스물세 살이나 연상의 이혼남인 이 감독과 절절한 사랑에 빠져버린 것이다. 그 당시 세인의 안목으론 의외의 사건이 아닐 수 없다. 나이 차가 너무 큰 남녀의 사랑이기 때문이다.

제철에 피는 꽃은 평범한 사랑이다. 그 꽃은 순리의 삶이다. 평범한 사랑은 봄철에 피는 진달래꽃같이 화려하면서도 무난하고 순탄한 길이다. 많은 사람이 제철에 피는 꽃인 평범한 사랑을 선호한다.

제철이 지나 피는 꽃은 특이한 사랑이다. 그 꽃은 순리를 거스르는 삶일 수도 있다. 특이한 사랑은 가을철에 피어나는 진달래꽃처럼 고독하면서도 위험한 사랑이다. 갑남을녀들은 특이한 사랑을 망설인다. 걸림돌이 많고 세속적인 이해득실에 길들어서인지도 모른다.

그러나 제철에 피는 꽃 같은 평범한 사랑은 편안하지만, 변화가 없고 밋밋하다. 반면 철이 지나 피는 꽃처럼 특이한 사랑은 고독하지만 굴곡이 심하고, 가슴 시리도록 그리워하고 보지 못하면 미칠 것 같은 사랑이다. 때론 마음의 상처로 가슴 저미는 슬픔이나 쓰라린 고통에 잠 못 이루기도 한다. 인간의 마음만큼 간사한 것이 있으랴. 평범한 사랑을 선택한 사람들도 가끔 제철이 아닌 시기에 피는 꽃 같은 사랑을 동경하기도 한다. 무미건조한 사랑에 권태를 느낄 때면 생각나는 사랑이 특이한 사랑이다. 때로는 평범한 일상의 궤도에서 일탈하고 싶은 욕망에 사로잡혀 방황하는 것이 인간이 마음이 아닐까.

'문숙' 도 가을철에 피어나는 진달래꽃처럼 특이한 사랑의 문을 노크

했다. 그녀는 가슴 절절히 이 감독을 사모했다. 주위의 반대를 무릅쓰고 특이한 사랑에 목숨을 걸었다. 교외의 백양나무 숲에서 둘만의 결혼식도 올렸다. 그녀는 제철이 지나 피는 꽃처럼 평범한 사랑을 제쳐놓고 특이한 사랑을 선택한 것이다. 특이한 사랑은 불같이 타오르는 정염만큼 쓰라린 슬픔도 일찍 찾아오는 것인가. 그녀에게 청천벽력과 같은 불행이 찾아왔다. 사귄 지 1년 만에 그녀가 가슴 깊이 사랑한 이 감독이 병으로 세상을 떠나고 만 것이다. 불꽃같은 짧은 사랑이다.

아! 허무한 사랑이여. 꽃다운 나이에 절절히 사랑하는 임을 갑자기 잃었으니 얼마나 마음의 충격이 컸을까. 어린 나이의 그녀로선 감당해 낼 수 없는 큰 슬픔이었다. 그녀는 세상이 무너질 것 같은 절망감에 몸부림쳤다. 삶이 끝난 줄만 알았다. 스스로 사랑의 쓰라린 상처를 이길 힘을 완전히 상실해 버렸다. 그녀는 마음의 고통을 어떻게 해야 극복할 수 있을 것인가를 생각했다. 삶의 흔적이 없는 낯선 곳으로 떠나면 슬픔이 사라지지 않을까 싶었다. 그녀는 미국으로 떠났다. 그곳에 가서도 사랑의 아픈 기억이 그림자처럼 따라다녔다. 슬픈 기억이 자꾸 아른거리고 마음의 상처는 아물기는커녕 더 심해져 가기만 했다.

멀리 떠나도 사랑의 고통이 지워지지는 않아 기억이 떠오르면 상처가 생기고 상처가 생기면 고통이 찾아왔다. 이만희 감독과의 슬픈 사랑이 그녀의 삶 전부를 완전히 지배해 버린 것이리라.

세월이 약이라는 말이 있듯이 시간이 흐르면 차차 아픈 상처도 지워지기 마련이다. 그런데도 그녀는 왜 그 남자와의 짧은 사랑을 평생 잊지 못하는 것일까. 가슴 깊이 사모하고 순정을 바친 남자에 대한 집착 때문일까, 이 감독으로부터 포근하고 달콤한 사랑을 아낌없이 받아서일까. 아버지 같은 온정의 손길로 그녀를 감싸주고 잘 배려해주었기 때문일까. 사별의 아픈 상처 때문일까. 복합적인 이유가 있을 터이지만 그중에서 갑작스러운 죽음으로 인한 헤어짐이 가장 큰 이유인지도 모른다.

이별의 사유가 죽음이 아니었더라면 평생 떠난 임을 못 잊어 그토록 고통을 받을 수는 없는 것이다. 사랑이 절정에 다다랐을 무렵 갑자기 들이닥친 죽음이 그녀의 가슴 속에 오롯이 한으로 남았기 때문이 아닐까 싶다. 그녀가 잠시라도 보지 못하면 미칠 것 같은 낭군이 갑자기 세상을 떠났으니 어찌 쉬 잊을 수 있으리오.

그녀가 30년 만에 돌아왔다. 그녀는 구도의 길을 걷고 있다. 요가와 명상을 통해서 고통과 슬픔을 극복한다고 한다. 그녀는 '이만희 감독과 함께한 시간들' 이란 부제의 책에서 "내 안의 상처가 이제야 진주가 되었다."라고 표현했다.

제철이 지나 피는 꽃과 같은 짧은 사랑을 선택한 그녀는 평생 사랑의 고통과 슬픔을 간직하고 고독한 삶을 살아온 것이다. 슬픈 사랑을 자신의 숙명으로 받아들이고 아름답게 승화시킨 그녀의 삶이 곱게 물든 저녁노을처럼 아름답다.

브라운의 사랑

　　맑은 하늘엔 흰 솜털 구름이 두둥실 흘러간다. 하늘을 찌를 듯 치솟은 피라미드의 웅장한 모습이 장관이다. 피라미드 근처에서 몸맵시 날렵한 여성이 말을 달리고 있다. 싱그러운 바람이 이마를 스치고 지나간다. 그녀는 달리는 말에 채찍질을 가한다. 말은 푸른 평원을 쏜살같이 질주한다. 말이 바람을 가르며 달릴 때 그녀의 목에 두른 하얀 스카프 자락이 바람에 나풀거린다. 여인의 이마엔 땀방울이 송송 맺히고 온몸에 생기가 샘물처럼 솟아오른다. 얼굴엔 웃음꽃이 활짝 피어나고 날아갈 듯 상쾌한 기분에 빠져든다. 마치 온 세상이 전부 자기 것만 같다. 그녀는 팔다리에 힘이 빠지는 질병 치료를 위해 요양 차 이집트를 자주 찾아 승마를 즐기고 있는 것이다.

광활한 평원에서 말을 타고 달리는 여인의 모습이 한 폭의 그림처럼 곱고 산뜻하다. 청량한 햇살이 그 여인의 휘날리는 스카프 자락에 반짝거린다. 그녀의 얼굴이 풋풋한 사과처럼 싱그럽게 보였다. 사랑은 눈으로 스며드는 것일까. 그녀의 말 탄 모습을 훔쳐보던 한 남성이 첫눈에 반한다. 이국 여성이 말을 타고 달리는 아름다운 모습에 이끌려 남자는 여인에게 정중히 데이트 신청을 한다. 여자는 믿음직한 남자의 인상에 호감이 갔다.

다음날 오후 둘은 함께 말을 타고 피라미드 주변을 돌며 밀애에 빠진다. 남자는 그녀에게 사랑을 고백한다. 그녀의 얼굴이 홍당무처럼 붉어졌다. 티 없이 맑은 하늘 아래 시원한 산들바람이 그들의 옷깃을 스쳐 지나갔다. 주위 풍경이 한 폭의 수채화처럼 싱그럽기만 하다. 그들에겐 세상이 온통 장밋빛으로만 보였다. 말에서 내린 남녀는 부둥켜안고 떨어질 줄 모른다. 연인들의 얼굴엔 사랑의 기쁨이 파도처럼 밀려온다. 그들의 사랑을 축복해 주려는 듯 맑은 하늘엔 하얀 뭉게구름이 뭉게뭉게 피어오르고, 평원엔 작은 풀잎들이 푸름으로 넘실댔다.

남자는 그녀에게 자신의 신분을 털어놓는다. 자신의 아버지가 9.11테러 주범으로 주목되는 '오사마 빈 라덴'이고 자신은 넷째 아들 '오마르 빈 라덴'이란 사실을 실토한다. 또 스물일곱에 결혼하여 두 살배기 아이도 있다고 덧붙인다. 그녀는 남자의 처지에 대하여 개의치 않는다. 여자도 자신의 과거를 밝힌다. 이름은 '브라운'이고, 그동안 다섯 차례 결혼으로 세 명의 아들과 다섯 명의 손자가 있다는 말을 조심스럽게 꺼낸다. 그러나 오마르는 브라운의 과거를 흠으로 보지 않는다. 오마르는 브라운에게 검정의 이슬람 옷과 향수를 건네며 사랑의 마음을 전한다. 둘의 사랑은 장밋빛 나래를 타고 훨훨 날아갔다. 하늘을 향해 날아오르는 환희의 날갯짓이다. 연인들은 꼭 껴안은 채 서로의 입술을 탐닉한다. 남녀는 이 순간이 영원히 지속되길 빌었다. 빨간 석류처럼 사랑은 점점 무르익어갔다.

그와 달콤한 사랑을 나눈 브라운은 영국에 돌아가서도 오마르를 한시도 잊지 못한다. 정열적인 연인 사이엔 하룻밤이 천 년처럼 길게 느껴지는가. 그녀의 사랑은 열병으로 변해갔다.

"너무나 그립고 보고 싶은 그대여! 당신이 없이는 단 하루도 견딜 수 없을 것 같아요."

브라운은 사랑하는 오마르의 목소리를 듣고 싶어 매일같이 7~16시간씩 전화통을 붙잡는다. 한두 시간도 아니고 무려 하루의 반 이상을 통화한다는 것은 범인으로선 감당해내기가 불가능한 것이리라. 사랑의 감정이 무엇이기에 지천명의 나이에 사춘기 소녀처럼 그러한 정열이 솟구치는 것일까. 얼마나 상대를 그리워하고 사모했으면 그리 오래도록 상대와 통화를 나눌 수 있을까. 자신의 전부를 불태워 바치는 순수한 열정이 새로운 사랑의 결실을 보게 한 것이 아

닐까 싶다. 사랑의 열정은 활활 타오르는 용광로처럼 거대한 에너지의 원천 그 자체이다.

용솟음치는 사랑의 불길을 전화로만은 잠재울 수 없었다. 그녀는 지난 4월 이집트 카이로로 달려가 오마르에게 정식으로 청혼했다.

"나의 사랑 그대여! 당신이랑 한시도 떨어지기 싫습니다. 우리는 함께 있어야만 합니다. 저랑 결혼하여 주세요."

오마르도 감동한 나머지 그녀의 제의를 기꺼이 받아들인다. 불같은 사랑은 쇳물처럼 펄펄 끓어오르는 열정이 필요하다. 열정의 에너지가 폭발하기 위해선 한 사람에게만 애심이 집중되어야 불꽃이 활활 치솟아 오른다. 삼각관계 등으로 여러 이성에게 정을 주면 불타는 사랑이 이루어지기 힘들다. 왜냐하면, 사랑의 열정이 분산되어 약해질 테니까. 이성 간의 불같은 사랑은 쪼갤 수 없는 것이 사랑의 기본 공식인지도 모른다.

그들의 뜨거운 사랑 앞에 나이는 단지 숫자일 뿐, 아무런 장애가 되지 못한다. 51세인 브라운은 시아버지가 된 오사마 빈 라덴보다 나이가 한 살 더 많고, 남편 오마르보다 무려 24세나 연상의 여인이다. 마침내 브라운은 오마르가 사는 사우디아라비아에서 이슬람 예법에 따라 결혼식을 올렸다. 국경, 신분, 나이를 초월해서 이루어지는 것이 사랑의 마법인가 보다.

연하의 남자와의 여섯 번째 결혼은 분명 자기 자신의 행복을 추구하기 위해서일 것이다. 새로운 연인과의 열렬한 사랑이 그 여인에게 싱그러운 행복을 심어주고 있는 셈이다.

그러면 브라운이 싱싱한 행복을 누릴 수 있는 것은 무엇 때문일까? 사랑이 식으면 부담 없이 헤어진다. 이별은 괴로움과 쓰라린 고통을 낳지만, 기존 상대를 마음속에서 깨끗이 지운다. 그 후 새로운 사랑을 찾아 나서고, 새 사람과 사랑의 끈이 연결되면 불꽃같은 사랑에 몰입하는 것이다. 확실하게 끊고 맺는 것, 순수한 감성, 지칠 줄 모르는 열정이 풋과일처럼 싱싱한 사랑에 빠질 수 있는 그녀만의 사랑 만들기 공식이다.

자신의 행복을 끊임없이 가꾸는 그녀를 보면 행복은 타고난 것이 아니라 스스로 만들어나가는 것이 아닐까 하는 생각이 든다. 오늘처럼 하늘이 티 없이 맑고 푸른 날엔 그녀의 불꽃같은 사랑이 내 가슴 속을 살며시 유혹한다.

어떤 만남

나른한 오후 생면부지의 여자한테서 전화가 걸려왔다.

"○○○입니다. 시간 좀 내주시겠어요?"

여성으로부터 걸려온 의외의 전화에 바싹 긴장이 됐다.

"무슨 용건이 있어요?"

"만나서 말씀드리겠어요."

"전화로 말씀하면 안 되나요?"

"직접 뵙고 말씀드릴게요."

계속 거절하기가 난처해 오후에 시간이 있으니 사무실로 방문해 달라고 했다. 안면이 없는 여자가 갑자기 나를 찾다니 이게 무슨 연

유일까. 영문은 모르지만 괜히 가슴이 설렌다.

약속대로 오후에 그녀가 사무실로 찾아왔다. 검소한 차림에 수수한 얼굴이다. 사전에 나에 대해 신상파악을 한 듯 신문에 게재된 기고문을 잘 읽었다면서 이야기를 끄집어냈다. 찾아온 이유가 몹시 궁금했다. 낮 시간에 사람을 만나기 위하여 사무실을 방문하는 것은 분명히 목적이 있을 것이다. 보험 세일, 책 세일, 전도활동, 화장품 판매, 조직단체 가입권유, 카드가입요청 등의 이유 중 하나일 거라고 추측했다. 그녀에게 방문한 목적을 물었다. 그녀는 빙그레 웃으며 특별한 목적이 없다고만 하였다. 책을 한 권 건네며 다섯 번 읽고 소감을 이야기해 달라고 했다. 거듭 방문한 목적을 물었으나 미소만 지을 뿐 속내를 드러내지 않았다.

금융회사에 근무하던 시절, 사무실에 가끔 찾아오는 손님이 있었다. 그분은 특별한 목적 없이 방문하여 안부나 세상 돌아가는 화제 등을 소재로 잠시 이야기한 다음 자리를 떴다. 오래 머물면 상대가 업무를 수행하는 데 지장을 줄 수 있다는 세심한 배려였을 것이다. 그래서 그분이 찾아오는 것은 마음의 짐이 되지 않았다. 나에게 요구하는 게 없는 내방인데다 방문시간이 짧아 부담을 주지 않았기 때문이다.

간혹 특별한 사유가 없이 지인을 찾아가는 경우도 있다. 자투리 시간이 생기고 누구랑 담소라도 나누고 싶을 때이다. 찾아가서 상대가 있으면 잠시 머물다 오면 되고, 상대가 부재중이면 그냥 돌아오면 그만이다. 맞이하는 사람도 부담 없고, 찾아가는 사람도 마음의 짐이 되지 않는다. 소일거리가 없거나 마음이 허전할 때 기분전환하기 위하여 찾아가는 것이다. 이런 경우라도 나름대로 무료함을 달래기 위한 방문 목적은 있는 셈이다.

누군가 만난다는 것은 인간관계에서 분명히 목적이 있을 터이다. 목적이 없는 만남은 거의 존재하지 않는다고 해도 과언이 아닐 것이다. 친구와의 만남을 통해서 우정을 쌓고, 연인끼리의 만남은 사랑을 돈독하게 하고, 가족의 만남은 동기간의 우애를 강화시킨다.

그녀는 한사코 방문한 목적이 없다고 하나, 그 말을 액면 그대로 받아들인다면 바보일 것이다. 만약 그녀의 말이 진실이라면 그 자체가 정말 의외의 사건이 아닐 수 없다.

그녀가 읽으라고 가져온 책을 훑어보았다. Network marketing에 관한 내용의 책이었다. 그녀의 방문목적은 다단계판매회사의 구인이었던 것 같다.

'그럼 그렇지, 사유 없는 방문은 있을 수 없는 거야.'

고객이 초면에 거부감을 느끼지 않게 하는 단계별 방문요령에 의하여 접근한 모양이다.

금융회사에 근무했던 젊은 시절, 입사한 지 일 년도 채 못 되어 처음으로 일선 영업소에 배치되었다. 그때만 해도 보험영업은 전쟁을 치르는 것처럼 경쟁이 치열했다. 매주 마감을 해야 하니까 잠시라도 긴장의 끈을 내려놓을 수가 없었다. 영업실적이 저조한 관리자는 가차 없이 대기발령을 냈던 시절이다.

회사의 영업은 철두철미한 신상필벌의 원칙을 지켜 나갔다. 영업 우수자에겐 과감한 물질적인 지원과 포상을 부여하는 반면 영업이 부진하면 성과급이 거의 없을 뿐만 아니라 인사상의 불이익마저 감수해야만 했다. 안일무사나 복지부동이란 전혀 존재할 수 없는 분위기였다. 지금처럼 노조도 없었고, 근로자의 권익을 제대로 주장할 수 없었던 삭막한 시절이었다.

긴장된 마음으로 일선 영업을 시작했다. 일선 영업소장으로서 어깨가 천근만근 무거웠다. 부임 첫 달 일선관리자로서 영업목표액을 반드시 초과 달성해야만 했다. 솔선수범의 차원에서 보험을 모집하러 친척 댁을 방문하였다. 다행히 그 집에서 보험가입을 선선히 승낙하여 보험청약을 받았다. 마침 준비한 돈이 없다고 하여 보험료는 나중에 받기로 하고 계약서만 작성하고 보험료는 대납하였다. 다음 달 보험증권이 나오자 다시 방문하여 증권을 전달하며 보험료를 달라고 했다. 그런데 그분은 남편이 거절하여 보험가입을 취소하겠다고 말하는 게 아닌가. 믿었던 도끼에 발등 찍힌 것 같아 말문이 막혔다. 그때 서운했던 감정이 지금까지도 가슴 한구석에서 지워지지 않고 아픈 기억으로 생생하게 남아 있다.

며칠 후 그녀가 나름대로 기대를 걸고 다시 방문할 것이다. 회원
등록은 못해도 필요한 물건이 있으면 그녀에게서 구입해 줘야겠다.
과거 젊은 시절 처자식을 거느리고 섬에서 뭍으로 건너가 살아남기
위하여 얼마나 고생하였던가. 세일즈맨의 관리자로서 보험회사에
삼 년만 견뎌낼 수 있다면 여한이 없겠다고 생각했는데, 버티다 보
니 이십여 년을 근무하게 될 줄이야. 어려웠던 지난 시절을 회상하
노라니 어려운 직종을 생업으로 선택한 그녀에게 조금이라도 도움
을 주고 싶은 동정심이 밀려왔다.

그녀로서는 쉽지 않은 발걸음이었을 게다. 그녀가 용기를 내고 나
의 사무실에 찾아온 것은 목적이 없는 방문이 아니라 목표를 달성하
기 위한 내방이었다. 앞으로 고객의 거절을 두려워하지 않고 고객의
욕구를 충족시키는 판매가 이루어지기를 바란다.

목전의 이익에 연연하지 말고 장기적 안목으로 고객에게 서비스
를 지속적으로 제공한다면 전문세일즈 우먼으로 성공할 날도 서서
히 찾아오리라 믿는다. 성실한 노력이 좋은 열매를 맺을 것이라며
등을 토닥여 주고 싶다.

순결한 사랑

외숙모 할머니 댁에 세배하러 들렀다. 대문에 들어서니 둘째 며느리가 집을 나서고 있었다.

"새해 복 많이 받으세요. 할머님 집에 계신가요?"

"예. 들어가 보세요. 서울 형님이랑 별채에 같이 계시거든요."

안으로 들어가니 서울에서 내려온 큰며느리가 부엌에서 시중을 들고 있었다. 새해 인사드리러 시댁에 온 것이다. 적이 흥분되고 가슴이 찡했다. 남편과 사별한 지 오랜 세월이 지났는데도 초로의 나이가 될 때까지 시댁을 잊지 않고 찾아오는 그녀의 마음이 아름답다.

그분이 내온 차를 마시며 정담을 나눴다. 슬하에 자녀가 셋이 있다고 했다. 세월이 흘러 신혼시절의 고운 모습은 사라지고 주름살도 늘고 머릿결도 희끗희끗 변했지만 곱고 청아한 자태는 오롯이 남아 있었다.

내가 어렸을 때 외숙모 할머니의 장남은 서울에서 대학을 다녔다. 어느 해 그는 키도 훤칠하고 미모가 수려한 팔등신 서울 아가씨를 데리고 고향에 내려왔다. 어린 마음에도 얼굴이 예쁜 서울 아가씨를 데리고 온 삼촌이 그렇게 부러울 수가 없었다. 대학 시절 연애하다가 결혼하기로 약속하고 졸업 후 같이 귀향한 것이다.

둘은 결혼을 하고 고향 시골집에서 신혼살림을 차렸다. 신부는 결혼 후 갈옷을 입은 채 소를 몰고 막동산 큰길을 지나 밭에 가곤 했다. 서울에 살면서 흙도 제대로 만져보지 못한 하얀 손으로 소의 고삐를 잡고 갈옷 차림으로 걸어가는 새댁의 모습이 마을 사람들에겐 동경의 대상이 되고도 남았다. 남편의 고향 생활에 적응하기 위하여 어려운 농사일을 직접 하려는 그녀의 갸륵한 마음이 신기하기도 하고 가상하게 여겨졌기 때문이다.

사랑의 힘이란 위대한 것인가 보다. 사랑하는 남자 하나만을 믿고 서울에서의 생활이나 인간관계를 다 제쳐두고 주거환경이 불편한 시골 마을에 내려온다는 것이 그 당시로는 결코 쉬운 결정이 아니다. 지금 같으면 생활수준이나 여건이 나아져 시골 마을도 살만 하지만, 그 시절엔 도시에 살던 사람이 농촌에 산다는 것이 말처럼 쉬운 일이 아니었다. 라디오나 수도시설도 공동으로 사용하고 도로도 포장이 안 된 흙길이었다. 더구나 연탄은커녕 나무나 풀마저도 땔감으로 감지덕지했던 어려운 시절이었다.

달콤한 행복도 잠깐, 그녀의 가정에 불행의 먹구름이 몰려왔다. 아이를 셋 낳고 얼마 안 가 남편이 암으로 요절해 버렸다. 그녀는 꽃다운 나이에 갑자기 청상과부의 신세가 되어버린 것이다. 그녀는 하늘이 무너져버린 것 같은 쓰라린 고통과 슬픔으로 괴로워했다. 삶의 의미가 사라지고 수개월 동안 방황의 길을 걸어야만 했다.

그 누가 세월이 약이라고 했던가. 시간이 흘러 서서히 마음이 가라앉게 되고 냉정을 찾기 시작했다. 산 사람만이라도 험한 세상을 포기하지 않고 꿋꿋하게 살아야겠다고 다짐했다. 비록 남편은 이 세상을 떠났지만, 사랑의 결실인 자식들이 남아 있다는 사실에 한 가닥 희망을 걸었다.

그러나 주위에서 유혹의 손길이 자꾸 뻗쳐왔다. 친정 가족들마저도 종종 재혼을 권유했다. 그녀의 마음도 일시적으로 흔들렸지만, 그럴 때마다 남편과의 행복했던 추억을 도저히 지울 수가 없었다. 사랑의 결실인 자식들이 늘 마음에 걸렸다. 자신의 행복만을 위해서 차마 자식을 버리고 떠날 수가 없었다. 그녀는 재혼을 포기하고 남편과의 못다 한 사랑을 자식들에게 쏟으며 살기로 마음을 굳게 다진다.

사랑이란 무엇인가. 결혼해서 자식을 낳는 의미는 무엇인가. 인생이 유한하니까 자기와 비슷한 자식을 낳아 종족을 보존하기 위한 것이 아닐까. 사랑하는 임은 갔지만 남편과 자신을 닮은 자식이 사랑의 끈으로 남아 재혼하지 않고 평생 자식을 키우며 살 수 있는 의지를 심어준 게 아닐까.

짧은 기간의 부부 인연을 평생 잊지 않고 수절하면서 살아가는 일이 어찌 쉬운 일인가. 도대체 그들의 사랑이 어떤 사랑이기에 그다지도 질긴 것일까.

사랑의 깊이는 사랑하는 기간의 길이에서만 우러나오는 것이 아니다. 비록 사랑하는 기간이 짧더라도 얼마나 진정으로 서로를 극진히 사랑했느냐에 따라 사랑의 강도는 달라진다.

남편과 사별한 지 40년이 더 지나 서울에 살면서 멀리 떨어져 있는 시댁을 찾아오는 큰며느리의 순결하고 고운 마음이 메마른 내 가슴을 적신다.

젊은 베르테르의 슬픔

《젊은 베르테르의 슬픔》은 이루어질 수 없는 사랑의 고뇌와 슬픔을 그린 괴테의 작품이다. 베르테르는 마을 무도회에서 우연히 롯데를 본 순간 사랑에 빠져버린다. 그녀에겐 '알베르또' 라는 약혼자가 있었지만, 베르테르는 거부할 수 없는 사랑의 힘에 이끌려 롯데를 찾아가 구애하고 롯데의 마음도 베르테르를 향한 설렘으로 혼란스러워한다. 친한 하인 카인즈가 번민하다 살인을 저지르고, 베르테르 역시 감당할 수 없는 사랑에 목숨을 끊고 만다. 이루어질 수 없는 사랑에 고민하다 비극으로 끝난 슬픈 사랑의 이야기이다.

하룻밤이 천 년
하룻밤 꿈이 만 년
그대를 만나고파
긴긴밤 뜬눈으로 지새웠네.

그대가 오시면
어떻게 맞아야 하나
그리움 너무 깊어
차마 안을 수 없을지 몰라

몽유병에 걸린 것처럼
그대에게 홀리어 이곳까지 와버렸네.
밤새도록 넘쳐난 사랑의 말들
입술마저 타는 듯 목마른 시간

하룻밤이 천 년
하룻밤 꿈이 만 년
그대를 만나고파
긴긴밤 뜬눈으로 지새웠네.

뮤지컬 《젊은 베르테르의 슬픔》에서 베르테르와 롯데가 불렀던 〈하룻밤이 천 년〉 노래의 가사이다. 사랑하는 사람을 애타게 그리워하는 감정이 절절이 녹아 흐른다. 얼마나 임을 사무치게 그리워했으면 하룻밤이 천 년처럼 느껴졌을까. 노래를 부르며 연기하는 베르테르와 롯데 역을 맡은 출연 배우를 보면 아무리 메마른 사람이라도 누군가를 미치도록 열렬히 사랑하고 싶은 충동이 용솟음치는 것 같다. 그런 감흥마저도 없는 사람이라면 그의 인생은 황량한 사막이나 다름없다.

흔히 사랑하는 남녀관계를 '꽃과 나비' 또는 '열매와 새'에 비유한다. 꽃과 열매는 여자를 지칭하고, '나비와 새'는 남자를 상징한다. 꽃에는 나비가 앉아 있어야 정상이고, 열매는 새가 쪼아 먹어야 제격이다. 일반적인 사랑의 표본으로 천생연분인 부부의 인연으로 맺어지는 것이 이성애자의 사랑이다.

남녀관계가 정상적이고 공식적이고 원칙대로만 이루어진다면 얼마나 좋으랴. 원칙이나 순리를 벗어나 궤도를 이탈한 사랑도 종종 발생한다. 꽃과 나비, 열매와 새의 관계에서 일탈하여 궤도를 벗어난 경우이다. 이를테면 새가 꽃을 좋아한다든지 나비가 열매를 좋아하는 경우이다. 한 마디로 어긋난 사랑이다. 정상적인 사랑, 평탄하고 일반적이고 순리적인 사랑이 아니다. 이루어져서는 안 되는 사랑, 이루어질 수 없는 사랑이다.

새가 열매를 찾지 않고 엉뚱하게 꽃을 좋아하는 것, 나비가 꽃을 찾지 않고 생뚱맞게 열매를 좋아하는 것은 의외의 사건이다. 동성끼리의 사랑, 유부남과 소녀의 사랑, 유부녀와 총각의 사랑, 유부녀와 유부남의 사랑 등 윤리적으로 어긋난 사랑이다. 꽃과 나비로 인식되는 정상적인 남녀의 사랑에서 벗어나 탈선한 사랑을 일컫는다. 당연히 현실과 이상 사이에서 짝 잃은 사슴처럼 방황하고 고뇌와 사랑의 아픔이 수반될 수밖에 없는 것이다.

'젊은 베르테르의 슬픔'도 '꽃과 새'의 슬픈 사랑이다. 애당초 베르테르는 롯데를 선택해서는 안 된다. 롯데에게는 결혼을 약속한 '알베르또'가 있었기 때문이다. 운명의 장난일까 베르테르는 롯데를 보는 순간 첫눈에 반해 사랑에 빠지고 만다. 나중에 롯데가 약혼자와 결혼한다는 소식을 듣고 베르테르는 번뇌, 갈등, 괴로움의 늪에서 헤어날 줄 모른다. 마침내 이루어질 수 없는 사랑의 현실을 비관하며 권총으로 자살하기에 이른다. 결실을 맺지 못하고 비극으로 끝난 베르테르의 순수한 사랑 앞에 사춘기 소년처럼 가슴 한끝이 저려왔다.

문학작품에선 '꽃과 나비'의 사랑보다는 '꽃과 새'의 사랑을 테마로 연출한 작품이 많다. 사람들은 이루어질 수 있는 평탄한 갑남을녀의 사랑을 원하면서도 이루어질 수 없는 어긋난 사랑에도 호기심을 갖는다. 자기 자신이 체험하지 못한 미지의 사랑을 간접적

으로나마 겪어보고 싶은 욕망 때문인지도 모른다. '꽃과 새'의 사
랑을 선택한 젊은 베르테르의 삶은 슬프면서도 아름답다.

아버지는 어린 시절 증조할머니 슬하에서 자랐다. 증조할머니는 정성을 다하여 손자인 아버지를 애지중지하며 키웠다. 가친께선 친모인 할머니의 정을 모른 채 증조할머니의 지극한 사랑을 받으며 유년시절을 보냈던 것이다.

조부모님께선 아버지와 고모를 낳았다. 할아버지가 돌아가신 후 아버지가 세 살 무렵 할머니는 남은 가족의 생존을 위하여 일본으로 건너가 공장에서 일했다. 일본으로 갈 당시 어린 아들인 아버지를 시어머니인 증조할머니께 맡기고, 봉제공장 일을 하며 아이를 키울 수 없으니 다섯 살배기 고모만 데리고 가셨다.

남편과 자식을 다 잃고 한 많은 인생을 걸어온 증조할머니는 외동

손자인 아버지가 생애의 유일한 소망이었다. 기구한 운명을 숙명으로 받아들이고, 가계를 보전할 하나뿐인 혈육을 키우는 낙으로 여생을 보낸 분이다. 낳은 정보다 기른 정이 더 깊다고 했던가. 아버지는 어머니보다 할머니에게 더 깊은 연민의 정이 소복이 쌓였던 것 같다.

중학교 시절 열일곱 나이에 아버지는 할머니를 따라 일본으로 간 적이 있었다. 일본에서 8개월 동안 머물러 살았다. 그때 할머니는 아버지에게 일본에서 같이 살자고 하자 아버지는 진퇴양난의 고민에 빠질 수밖에 없었다. 일본에서 살게 되면 고향에 계신 증조할머니를 돌봐줄 사람이 없었기 때문이다.

아버지의 마음엔 고향에서 자기만을 기다리며 사시는 증조할머니에 대한 그리움이 밀물처럼 밀려왔다. '병마에 시달리면서도 손자에게 아낌없는 사랑을 베푼 할머니를 내가 모시지 않으면 홀로 외로이 어떻게 살아갈 수 있을까' 고독하게 살 증조할머니를 생각하니 가슴이 시리고 눈물이 글썽해졌다. 증조할머니를 고향에 남겨둔 채 일본에서 편히 산다는 것 자체가 아버지로선 죄악이고 불행으로 여겨졌다.

"내가 없으면 할머니 혼자 어떻게 살겠어? 고향에 가서 할머니를 모셔야만 해."

결국 아버지는 증조할머니가 계신 고향으로 돌아가기로 결심을 했다. 할머니는 그때 한순간 야속한 생각이 들었을지도 모른다. 아들이 설마 어머니를 두고 떠나리라곤 꿈에도 생각하지 못했기 때문에 적이 당황스럽고 서운했을 것이다.

할머니는 어린 아들을 시어머니에게 맡겨 어미로서 정을 주지 못한 회한으로 목이 메었을 것이다. 자식을 떼어놓을 수밖에 없는 삶의 현실을 언젠가 아들이 이해해 주기를 바랐다. 시어머니와 손자 간의 정이 깊음을 안 할머니는 섭섭한 마음을 삼키며 어린 아들의 귀향길을 가로막지 않았다.

"그래, 네가 진정으로 원한다면 어쩔 도리가 없구나."

할머니의 마음을 아는지 모르는지 아버지는 소풍날을 손꼽아 기다리는 소년처럼 귀향 준비로 가슴이 설렜다. 아들을 제주로 보낸 할머니는 모자간의 정을 쌓지 못한 것이 내내 마음에 걸렸다. 부모와 자식의 사랑은 내리사랑이라 했던가. 아들을 제주에 보낸 후 목마른 사슴이 샘을 찾듯 바쁜 시간을 쪼개 종종 고향을 드나들었다.

그러던 어느날 할머니는 그리운 외동아들을 만나려고 고향을 방문했다가 일본으로 되돌아가던 중 대마도 앞바다에서 풍랑을 만나 배가 전복되는 바람에 한 많은 세상을 떠나고 말았다. 갑작스러운 할머니와의 이별은 아버지로서는 견딜 수 없는 아픔이었다.

할머니가 외동아들을 직접 길렀다면 아버지는 일본에 체류하여 교육의 수혜를 많이 받고 순탄한 인생을 살았을지도 모른다. 공장

일 때문에 어린 자식을 시어머니에게 맡기고 간 것이 아버지가 고향에서의 삶을 선택하게 되는 원인을 제공한 게 아닌가 싶은 생각이 든다.

두 갈래의 길에서 아버지는 기구한 운명의 길을 스스로 선택한 셈이다. 하지만 아버지는 당신의 선택을 단 한 번도 후회한 적이 없었다. 증조할머니에겐 외동손자가 삶의 전부였듯이 아버지는 늘 증조할머니를 어머니로 생각했기 때문이다. 할머니가 아버지를 증조할머니께 맡기지 않았다면 증조할머니는 얼마나 고독하고 한 많은 여생을 보냈을까.

정이란 함께 부대끼며, 서로 주고받을 때 생기는 애틋한 감정이 아닐까 싶다. 어릴 때 각인된 정은 평생 잊히지 않고 가슴속에 남아 한 사람의 운명을 통째로 바꾸기도 하나 보다.

채송화

관리사무소 옥상에 채송화가 어여쁜 꽃망울을 앙증맞게 활짝 터 트렸다. 며칠 전 청소하시는 아줌마가 채송화 줄기 한 개를 얻어와 화분에 꺾꽂이한 것이다.

화분에 심은 지 얼마 안 되어 이파리가 생기를 되찾더니만 예쁜 꽃이 함초롬히 고개를 내미는 게 아닌가. 앳된 소녀처럼 살포시 미 소 짓는 듯한 모습에 잔잔한 호수에 파문이 번지듯 설렘으로 일렁거 렸다. 아름다움이란 설렘인가 보다.

'야! 뿌리도 없이 금방 귀여운 꽃이 피네. 생명력이 대단한 식물 이로구나.'

줄기만 잘라 땅에 심기만 하면 꽃을 피우는 생명의 신비 앞에 가슴이 뭉클해졌다. 어떤 식물은 뿌리째 심어도 이파리를 잘라버리고 물을 듬뿍 주지 않으면 시들시들 죽기 십상인데, 이 꽃은 줄기만 잘라 땅에 꽂기만 해도 죽지 않고 잘린 줄기에선 상처가 아물기 전에 새순이 돋아나 문어발처럼 뻗어 가기만 하니 경이롭기만 하다.

시련을 많이 받을수록 생명력이 강해지는 식물이다. 몸통을 여러 군데 절단해도 살고, 잘린 줄기를 척박한 흙에 심어도 곧바로 꽃을 피울 수 있는 왕성한 생명력이 과연 어디서 나오는 것일까. 선천적인 유전인자 때문일까. 아마 나름대로 숨겨진 삶의 비결이 있음직하다. 그렇지 않고서야 어찌 저렇게 모진 시련을 당해도 생명을 유지할 수 있는 힘이 나올 수 있단 말인가.

채송화꽃은 아침에 활짝 피었다가 저녁이 되면 시들고 다음 날 아침에 다른 봉오리에서 잇달아 꽃을 피운다. 비가 오거나 햇볕이 강하거나 바람이 세게 불어올 땐 꽃봉오리가 닫힌다. 새색시의 입술같이 빨간 꽃잎 속엔 암술과 수술을 중심으로 노란 달무리가 떠있고, 수술은 나리꽃처럼 여러 가닥으로 불쑥 솟아 끝자락이 휘어져 있다. 다섯 개의 꽃잎 속 적황의 조화로운 색상이 빨간 립스틱을 곱게 바르고 단장한 여인마냥 내 마음을 온통 사로잡는다.

한 송이가 지고 나면 다른 줄기의 꽃봉오리가 마치 기다리기나 한 듯 곧장 귀여운 자태를 드러낸다. 흙 위로 뻗어 가는 잡초 같은 식물에서 저렇게 아름다운 빛깔의 꽃이 쉴 새 없이 피어날 수 있는 것일까. 나도 모르게 가슴이 두근거린다.

다른 화초들은 일정한 시기에 꽃이 한 번 피고 나면 얼마 지나지 않아 일시에 낙화하여 아쉬움을 주지만, 이 꽃은 일정한 시기가 지나도 피고 지기를 반복하고 있는 것이다. 비록 한 송이 핀 꽃의 수명은 짧아도 지칠 줄 모르고 피고 지는 향연을 보노라면 그 오뚝이 같은 생의 의지에 감복할 따름이다.

무엇을 위해 개화에 온 정력을 소진해 버리는 것일까. 꽃이 지고 열매가 영글면 그 가지는 말라 시들어버릴 정도로. 정작 종족보존의 목표를 달성하고 나면 자기 자신은 죽어가는 것이다.

우리 조상들도 종족보존을 삶의 최고의 가치로 실천했다. 아들이 없으면 친족의 자식이라도 양자로 삼아 자기의 대를 잇게 했다. 그러나 이러한 가치관도 시대의 흐름에 따라 변모할 수밖에 없는 것인가 보다. 현대인들은 물질만능의 풍조에 따라 자손의 번창보다는 자기 자신의 쾌락과 욕망만을 추구하는 개인주의의 시대에 살고 있는 것 같다. 신의 섭리를 무시하고 현세의 만족만을 뒤쫓는 의식 때문이 아닌가 싶은 생각이 들기도 한다.

채송화 꽃만큼 내 마음을 송두리째 앗아가는 꽃은 지금까지 없었다. 이 꽃이 사랑스러운 것은 강인한 생명력, 지속적인 개화 외에 이 꽃의 성장을 위해 내가 쏟은 손길과 마음이 담겨 있기 때문인지도 모른다.

고운 꽃을 나 혼자만 보기가 아까워 줄기를 한 움큼 잘라 아파트 정원에 군데군데 꽂아 심었다. 다른 사람들에게도 사랑을 듬뿍 받기를 기원하면서 말이다.

직박구리 둥지

아파트의 막다른 복도에 직박구리 새가 둥지를 틀었다고 한다. 신기해서 얼른 달려가 보았다. 아닌 게 아니라 어미새가 복도 끝 화분에 서 있는 죽은 나뭇가지 위에 둥지를 치고 알을 품고 있었다.

호기심 많은 소년처럼 가까이 접근하여 멀거니 쳐다보았다. 보금자리를 지키던 직박구리 어미새가 한참 눈치를 살피며 버티다가 겁이 덜컥 났는지 푸드덕 옆의 큰 나뭇가지로 날아간다.

주위에 울창한 나무들을 놔두고 하필이면 화분의 나뭇가지에 보금자리를 만들었을까? 집을 짓는 장소는 당사자인 직박구리가 결정할 일이지만, 사람 출입이 잦은 복도의 죽은 나뭇가지에 집을 짓다니 우매한 행동이다.

제비는 천적의 보호를 받으려고 대문 가까이 집을 짓는 습성이 있다. 물론 직박구리도 사람을 두려워하지 않고 사람들 가까이에서 잘 지저귀지만, 대부분 인적이 드물고 사람의 눈에 잘 안 띄는 수관이 넓고 무성한 나뭇가지에 보금자리를 튼다.

그런데 이 어미새는 사람이 자주 드나드는 복도의 현관문 옆, 그것도 화분의 죽은 나뭇가지에 집을 지었으니 생뚱맞다는 생각이 들지 않을 수 없었다. 혹시 눈이 어둡거나 머리가 우둔한 새가 아닐까, 그게 아니라면 복도의 천장이 비바람을 막아주기 때문에 그곳을 새끼를 낳고 키우는 데 적합한 장소로 오인했는지도 모른다.

여하튼 엉뚱한 어미새에게 예상치 못한 위험이 찾아왔다. 복도 끝 세대의 주인이 바뀌고 새 주인이 이사를 오기 전 보수공사를 시작했기 때문이다. 둥지 근처엔 건축자재가 산더미처럼 쌓이고 공사인부들의 출입이 잦아지며 드릴과 망치 소리로 집이 떠나갈 듯 시끄러워졌다.

이제 집을 지어 알까지 낳은 처지에 둥지를 옮길 수도 없고 알을 까고 새끼를 키울 때까진 꼼짝없이 그곳에서 살 수밖에 별도리가 없다. 사람이 출입할 때마다 두려움에 떨거나 신경을 바짝 곤두세워야만 한다. 인부들의 짓궂은 장난으로 까딱하면 둥지가 헐릴 위험도 감수해야 한다. 잘못된 선택으로 말미암아 풍전등화처럼 불안한 신세가 되어버린 것이다.

이러한 위험의 직면은 잘못된 선택의 결과이다. 즉흥적인 생각을 성급하게 행동으로 옮긴 것이 스스로 위험을 자초한 것 같다.

때론 잘못된 선택으로 후회할 때가 있다. 성급한 판단이나 순간의 감정에 의해 경솔하게 일을 결정하면 성공보다는 실패로 이어질 확률이 높다. 순간의 선택이 실패로 끝나면 운명을 좌우할 만큼 혹독한 시련이 찾아온다. 실패로 빚어지는 불이익은 본인의 몫으로 고스란히 돌아와 원상태로 돌리려면 많은 시련과 고통을 감수해야만 한다.

내가 중학교 3학년 학기 말 무렵, 진학할 고등학교를 선택해야만 했다. 인문계와 실업계를 놓고 어느 쪽을 선택할 것인가 고민하다가 실업계를 덜컥 지원하고 말았다. 주위에 진학상담을 해주는 사람이 없었던 게 내겐 불행이었다. 담임선생님께 상담을 해서 자문을 구할 수도 있으련만 그 당시 내겐 그런 용기마저 없었다. 결국, 실업계 고교의 선택으로 꿈 많은 젊은 시절 내내 좌절과 열등의식 속에 생기를 잃어버리고 방황해야만 했다.

둥지는 새 생명을 잉태하는 곳이다. 순간의 잘못된 판단으로 불안정한 장소에 지은 직박구리의 보금자리를 관리사무소가 앞장서서 감싸주고 보호해 주어야만 했다.

게시판에 '직박구리 둥지를 보호합시다.' 는 안내문을 부착하고, 보수공사를 하는 인부들에게도 새 둥지가 훼손되는 일이 없도록 공사를 조심하여 진행하도록 요청했다. 그래도 갓난아기를 돌보는 엄마처럼 마음이 놓이지 않아 청소하는 아주머니를 불러 둥지를 잘 보살펴줄 것을 신신당부했다.

누구라도 한두 번의 실수는 겪게 마련이다. 나무람에 앞서 재기할 수 있도록 관심과 격려의 손길이 필요하다. 잘못된 선택으로 자초한 시련이지만, 직박구리 부부가 불안한 환경 속에서도 아기새를 무사히 키워 날아가기를 바란다.

일본에서 온 편지

　삽상한 바람이 코끝을 스친다. 해 질 무렵 가족 모임에 참석하려고 아내와 대문을 나섰다. 대문 기둥에 걸려 있는 우편함 속에 그동안 보이지 않던 하얀 편지 봉투가 언뜻 눈길을 사로잡았다. 깊숙이 들어 있어 며칠 동안 눈에 띄지 않은 것 같다. 손을 깊이 집어넣어 봉투를 꺼냈다.

　일본에서 보낸 항공우편이었다. 우표가 두 장 붙어 있고 보낸 사람의 주소는 일본 오사카 시로 적혀 있었다. 일본에 사는 아버지의 조카가 아버지에게 보낸 편지일 거라는 예감이 뇌리를 스쳤다. 이국에서 온 편지, 생각만 해도 절로 가슴이 두근거렸다. 차를 타고 가는 동안 내내 편지 안에 무슨 사연이 담겨 있을까 궁금해졌다.

모임 장소에 도착했는데 다른 가족들이 보이지 않았다. 우리 부부가 맨 먼저 도착했다. 편지를 읽을 짬이 생겨 서둘러 봉투를 열어 보았다. 예상대로 일본에 사는 사촌 형이 아버지에게 보낸 편지였다. 지금 내가 살고 있는 지번이 아버지의 옛 주소이다. 하얀 종이에 한글로 쓴 편지로 소프트웨어를 사용하여 번역된 문장이었다.

흥분된 마음을 진정시키고 찬찬히 편지를 읽어 내려갔다. 사촌은 아버지께 자주 연락을 드리지 못해 죄송하다면서 고모, 고모부, 할머니의 연이은 별세에 가슴 아픈 3년을 보냈단다. 멀리 떨어진 제주의 땅에 피가 섞인 육친이 있는 게 마음의 위로가 된다고도 했다. 일본에 오면 꼭 연락해 주고, 앞으로 전자 메일을 이용하여 편지를 보내면 소프트웨어로 번역해 읽을 수 있으니 자주 서신을 교환하고 싶다는 내용이었다. 일본에 혈육이 있다는 사실에 마음이 뿌듯해졌다.

번역이 좀 서툴러 두서너 군데 잘못된 표현이 보였지만 전달하고자 하는 뜻이 무엇인지 이해할 수 있었다. 일본의 사촌 형이 제주에 사는 외삼촌인 아버지에게 보낸 편지를 읽으면서 나도 모르게 콧마루가 시큰해져 왔다.

편지를 보내고 받는 일이 우리 곁에서 사라진 지 오랜 세월이 흐른 것 같다. 이제 육필로 편지를 교환하는 것은 추억 속에서나 들춰볼 수 있는 시대가 되어버렸다. 통신수단이 다양한 시대여서 굳이 편지를 쓰지 않아도 의사소통을 원활하게 할 수 있는 세상이다. 설레는 마음으로 그리운 사람에게 편지를 보내고 가슴 졸이며 답장을 기다렸던 옛 시절이 문득 내 가슴속에 정겨운 추억으로 다가온다.

고모님이 돌아가시기 전 두 번 뵈었다. 첫 번째는 대학 1학년 시절 고모님이 아들을 데리고 고국 방문길에 우리 집에 들렀을 때이다. 두 번째는 삼성생명에 재직 중 관광으로 일본에 갔을 때 오사카모 호텔 커피숍에서 잠깐 만났다. 고모부가 동행하여 한국말로 대화를 나눌 수가 있었다. 고모님은 고운 얼굴에 잔잔한 미소를 내내 잃지 않은 채 내가 하는 말에 귀를 기울였다. 금세 가슴이 따뜻해졌다. 넉넉지 못한 가정 형편임에도 불구하고 헤어질 때 고모님께서는 일본 돈 3만 엔을 내 손에 쥐여 주신 것을 지금도 잊지 않고 가슴속에 오롯이 간직하고 있다.

일본에서 온 편지 봉투 안에는 고모님의 사망계, 사망진단서, 사망신고서가 같이 들어 있었다. 사망진단서에는 오사카시 후쿠시마에 있는 코세이넨킨 병원에서 식도와 위 접합부에 종양(위암)이 발견되어 위 전체 제거수술을 받았지만 7개월 후에 사망한 것으로 기록되어 있었다. 고모님의 사망소식을 미리 알고 있었지만 막상 사망서류를 직접 대하니 울컥 목이 메었다.

아버지는 고모님의 부고를 바로 받지 못했다. 일본에 사는 조카가 그 당시 경황도 없었을 테고 한국말을 못해 제때 연락을 주지 못한 게 아닌가 싶다. 만약 고모님이 제주에 같이 살았으면 연락 못 받을 일도 없고 돌아가셨을 때 장례식에도 참석할 수 있었을 터이다. 혈육이면서도 멀리 이국땅에 사는 데다 서로 언어마저 소통되지 않으니까 그동안 단절되어 고모가 세상을 떠나고 한참 후에야 비로소 부고를 전해 듣게 되는 현실이 너무 슬펐다.

아버지에겐 형제자매라곤 단지 고모님밖에 없다. 아버지는 고모님의 장례식에 참석하지 못한 게 내내 가슴에 한으로 남은 것 같다. 호적에 고모님의 이름이 등재되어 있는데 사망신고서가 없어 호적 정리를 하지 못한 것도 늘 마음에 그늘이 되셨다. 마침 관광차 제주에 왔다가 부모님 댁에 들른 일본 조카의 친족에게 고모님의 제적서류를 보내달라는 의사를 전해달라고 했다. 그분이 모국방문을 마치고 귀국하여 아버지의 말씀을 사촌에게 전달하자 일본에 사는 사촌이 제적에 필요한 서류를 동봉하고 아버지에게 뒤늦게 편지를 보내게 된 것이다.

할머니는 제주에서 할아버지가 갑자기 세상을 떠나시자 그 당시 어린 아버지를 시어머니이신 증조할머니에게 맡긴 채 아버지보다 두 살 위인 고모만을 데리고 일본으로 건너갔다. 남편 잃고 가족들의 생계를 꾸려나가기 위해서였다.

고모는 일본에서 정규 학교를 다녔다. 어렸을 때 일본으로 건너간 탓인지 어른이 되어서도 우리말을 제대로 배우지 못했다. 그게

남매간의 의사소통이 원활하게 이뤄지지 못한 원인이 되고 말았으
니 정말 안타까운 현실이다. 두 분 중에 어느 한 분이라도 외국어
를 배워 익혔더라면 이국에 멀리 떨어져 살아도 혈육의 정을 종종
나눌 수 있었으리라. 생각하면 할수록 아쉬운 마음이 가슴속에서
서성거린다.

고모님이 살아계셨을 때에 아버지와의 유일한 의사소통은 서신
왕래였다. 아버지는 "고모님이 글씨도 곱고 정규 교육을 받아 문장
실력도 훌륭하다." 고 칭찬하곤 했다. 아버지는 일본말은 못해도 일
어의 해독이 가능하고, 아버지가 보낸 편지는 고모부가 제주출신 교
포여서 대신 통역을 해준 것 같다.

편지는 설렘, 그리움 그리고 기다림이다. 자신의 그리운 마음을
글로 표현하여 설레는 마음으로 상대에게 보내고, 보고 싶은 사람의
답장을 애타게 기다린다. 진솔하고 순수한 마음을 담을 수 있고 은
근과 끈기 속에 정이 오고간다.

지금은 소통 수단이 다양하고 빠른 세상이다. 마음만 먹으면 서로
의 감정을 수시로 교환할 수 있는 편리한 시대에 살고 있다. 하지
만, 차분하게 생각하고 느긋하게 기다릴 줄 아는 한 가닥의 여유도
없이 너무 바쁘게 살아가는 것 같다. 아버지께서 전하는 말씀을 잘
정리하여 이메일로 일본에 사는 사촌 형에게 보내야겠다. 혈육의 정
을 듬뿍 담아서 말이다.

3

한쪽으로만 생각하면 올바른 의사결정이나
선택의 한계에 부딪힌다. 자기의 생각과
다르더라도 타인의 주장을 깊이 생각할 수 있는
성숙한 역량을 길렀으면 한다.

민들레 홀씨 되어

“J씨가 돌아가셨대요.”

“아니 그럴 리가 있나요?”

그는 서울에서 고향으로 내려 온 지 3개월밖에 안 된 중학교 동창생이다. 2주 전에도 서로 만나 얘기를 주고받았던 터라 갑작스러운 소식이 믿기지 않았다. 가끔 부인이랑 산책을 나가거나 목욕을 하러 가는 모습을 종종 보았기 때문에 위암 말기라는 사실을 알고는 있었지만 그렇게 일찍 세상을 떠나리라고는 생각지 못한 것이다. 더욱이 관리사무소에 찾아왔을 때 혈색도 좋은 편이었고 건강하게 보였었다.

그는 고향에서 교사로 근무할 때 사업에 손을 댔다가 실패하고 빚

더미에 몰리자 고향을 등지고 살았다. 타향에서 어렵게 살면서 정신적인 스트레스에 시달리다 젊은 나이에 위암 말기의 선고를 받은 것이다. 발견 당시 암세포가 많이 퍼져 위장 전체를 잘라내는 대수술을 받았다고 한다. 어쩔 수 없이 병도 치료하고 인생도 정리할 겸 어머니와 형제가 살고 있는 고향으로 되돌아온 것이다.

동창생의 집에서 형이 어머니를 모시고 살고 있었다. 그가 내려오자 형은 집을 동생에게 넘겨주고 새로운 곳으로 이사를 갔다. 환자인 동생의 애절한 부탁을 거절할 수 없었으리라.

동창생의 어머니는 팔순의 나이에도 정정하고 건강한 편이었다. 둘째 아들이 내려오기 전에는 항상 밝은 표정으로 마주칠 때마다 다정스런 눈인사를 주고받곤 했다. 병든 아들이 내려온 이후부턴 수심이 가득 찬 얼굴로 변해버렸고, 밖에 모습을 잘 드러내시지 않았다. 몹쓸 병에 걸린 아들을 곁에 두고 얼마나 근심 걱정이 많으시면 그러실까 싶었다.

올봄 아파트단지 내 뜰에서 호미를 들고 풀을 캐고 있는 모습이 눈에 띄었다.

"할머니, 지금 뭐하시는 거예요?"

"아들 병에 좋다고 하여 민들레를 캐고 있답니다."

아들의 병을 고치려고 할머니는 며칠간 손수 민들레를 캐러 다녔다. 양약으로는 효험이 없자 한약이나 생약으로 치료하기 위해서

다. 위암에 걸린 자식을 살려보려고 지푸라기라도 붙잡고 싶은 어머니의 간절한 마음일 것이다. 나도 모르게 가슴이 뭉클해져왔다.

환자 자신도 생의 의지가 강했다. 어느 날 동창생이 관리사무소에 찾아와 화단에 있는 후박나무 가지를 몇 개 잘라도 되느냐고 물었다. 이유를 물으니 껍질을 달여 약으로 쓰겠다고 했다. 필요한 만큼 가지를 잘라 사용하라고 쾌히 승낙하였다. 암에 걸려 고통에 시달리면서도 살아날 수 있다는 한 가닥의 희망을 놓지 못하는 친구의 의지에 마음이 더 시렸다.

암이란 대부분 엄청난 고통을 동반하고 뼈가 바싹 말라 사망하는 병이다. 그런데 친구의 평소 모습은 몸이 쇠약해 보이지도 않고, 혈색도 좋은 편이었다. 관리소 직원들은 그가 고통이 없는 암에 걸린 것 같다고 했다. 암 말기인데도 불구하고 걸어 다니고 안색도 좋은 걸 보면서 통증이 없는 암도 있구나 하고 생각했다.

고통 없는 질병이 과연 있을 수 있겠는가. 그럴 수만 있다면 인생을 마감하는 것도 그다지 힘들게 여겨지지 않을지도 모른다. 그러나 그게 잘못 인식되었다는 사실을 나중에야 알게 되었다. 엄청난 고통을 견디기 위하여 모르핀 주사를 계속 맞았다고 했다. 남들은 자세한 내막도 모르면서 겉만 보고 추측하길 좋아하는가 보다.

인간은 생로병사에 시달리는 존재이다. 아등바등 달려가다 살만하면 병이 찾아오고 허망한 죽음을 맞이한다. 친구도 위암을 조기에 발견했더라면 젊은 나이에 인생을 마감하지는 않았을 거다. 좋은 직장을 그만두고 사업에도 실패하는 처절한 삶의 현실에 시달리면서 평소 건강관리를 소홀히 한 탓이 아닐까 싶다.

몸이 정상일 때 건강진단도 받고 운동도 열심히 하고 건강관리를 철저히 해야 맞다. 몸의 이상이 왔을 때는 건강관리에 온 힘을 쏟아도 완치하기가 쉽지 않다. 건강을 잃으면 아무것도 할 수가 없다. 건강은 건강할 때 지켜야 지혜로운 삶이다.

와병 중에서도 만나면 다정스런 웃음을 잃지 않았던 친구의 얼굴이 눈에 선하다. 비록 암담하고 불행한 삶을 살다 민들레 홀씨처럼 날아갔지만 하늘나라에서 고운 꽃을 피울 것이다.

두모악 갤러리

　봄비가 보슬보슬 내리는 오후 두모악을 찾았다. '내가 본 이어도' 네 번째 시리즈 '지평선 너머 꿈' 전展을 보기 위해서이다. 모자를 눌러 쓴 허수아비가 봄비를 맞으며 입구에 홀로 서서 이곳을 찾은 사람들에게 인사를 한다.

　돌담 위에 얹어 놓은 동으로 만든 꼬마 인형들이 저마다 기이한 모습으로 미소 지으며 손님들을 반긴다. 입구를 지나 김영갑 작가의 애환이 서려 있는 정원으로 들어선다. 하얀 수선화꽃이 앙증맞게 얼굴을 내민 돌담길을 구비 돌아 전시관을 향한다. 그윽한 꽃향기가 은은하게 코끝을 스며들자 나도 모르게 가슴이 두근거린다. 조용한 시골 마을의 정겨움이 솔솔 풍기는 아늑한 정원이 운치를 더하는 것 같다.

봄비가 촉촉이 내리는 고즈넉한 정원의 풍경에 빠진 탓일까. 고향 마을에 온 것만 같은 기분에 마음이 편안해지고, 어린 시절 아련한 추억이 파노라마처럼 뇌리를 스친다.

두모악 갤러리는 폐교된 삼달초등학교 교실 내부를 리모델링해서 고故 김영갑 작가의 작품 사진과 그분이 쓰던 사진기 등 유품이 전시되어 있는 곳이다.

사진작가 김영갑님의 작품은 예술혼이 살아 숨 쉰다. 작품 속에 그분의 삶과 철학, 고독, 집념과 슬픔이 작품 속에 고스란히 녹아 흐르는 것만 같다.

그분은 끼니도 거른 채 제주 중산간을 쉼 없이 오르내리며 제주 산야의 아름다운 순간의 자연을 카메라 속에 담으려고 애썼던 분이다. 온 생애를 오로지 사진 찍는 일에만 열정과 전력을 쏟아 들판의 당근과 고구마로 허기를 달래면서 바람을 안고 초원을 떠돌아다녔던 작가이다. 제대로 먹지 못한 탓일까. 예술의 혼을 아낌없이 불태웠던 그분이 루게릭 병을 앓아 애석하게도 젊은 나이에 이 세상을 홀연히 떠나고 말았으니 생각할수록 가슴이 시려온다.

이른 새벽의 여명, 거센 바람이 부는 들녘, 해거름의 산야, 안개가 자욱한 들판, 바람에 흔들리는 나무, 황홀하게 피어오르는 구름, 여인의 속살을 드러낸 오름, 들판에 홀로 외로이 서 있는 나무, 바람에 흔들리는 억새풀 물결의 들녘, 붉게 물든 장엄한 해넘이 풍경 등 제주 산야의 아름다운 천연의 빛깔을 담은 사진들 앞에서 눈길을 뗄 수 없었다.

그의 사진 앞에 서면 바람 소리가 들리고 향기로운 유채꽃 향기가 피어오르고 안개가 자욱한 들녘에서 세찬 바람이 불어오는 것만 같다. 절절한 고독이 흐르고 애잔한 슬픔이 가슴속으로 너울져 밀려오는 듯하다. 그분의 작품엔 그분의 삶이 고스란히 담겨 있다.

아마추어 작가들은 날씨가 좋아 시야가 맑은 날 고운 풍경을 사진에 담으려고 한다. 사진 촬영하기 쉬운 날을 골라 좋은 여건이나 상황에서 사진을 찍으려 한다. 비가 오거나 바람이 부는 날 사진을 찍으러 가는 사람은 그리 흔치 않을 것이다. 하늘이 쾌청한 날에 사진을 찍는 일은 누구나 쉬 할 수 있는 일이다.

아마추어 사진을 보면 아픈 흔적이 보이지 않고, 고독의 상흔이 보이지 않고, 그냥 안락하고 편안한 영상이다. 비슷한 사진은 감상하는 사람들로 하여금 감동이나 공감을 불러일으키지 못한다. 좋은 작품은 좋은 여건에서 여유롭게 탄생하는 게 아니라 고뇌와 시련과 진통 속에서 성숙되어 용해됨으로써 우리의 마음을 흔드는 것인지도 모른다.

김영갑 작가는 남들이 하기 어려운 상황에서 사진을 찍었다. 비가 오거나 바람이 불 때, 안개가 낀 날, 이른 새벽이나 해 질 무렵, 무지개가 뜰 때의 아름답고 신비스런 제주 산야를 카메라에 입력했다. 남들이 꺼리는 날 그분은 혼자 산야를 누비며 자연의 황홀한 광경을 앵글에 담았다.

굶주림과 추위에 떨면서 아름다운 순간의 영상을 찍으려고 오랜 시간을 들판에서 보냈다. 오로지 사진 찍기에 온 정열을 바쳤던 삶이었다. 일에 미치지 않고서는 도저히 해낼 수가 없다. 온몸을 바친 외골수의 삶이다. 김영갑 작가의 작품은 절절한 고독이 묻어 있고, 고뇌의 잔영이 잔잔히 흐르고, 곳곳에 인고와 시련의 흔적이 배어 있다.

한가할 때나 다른 일을 끝내고 남은 시간에 글을 쓰는 것은 아무나 어렵지 않게 할 수 있는 일이다. 작가는 좋은 영상이 떠오르면 밤잠을 자지 않고 글을 쓴다. 틈만 나면 생각하고 치열하게 글을 쓰는 일은 아무나 할 수 있는 일이 아니다. 좋은 작품은 고뇌와 집념에서 나오는 것 같다. 많이 고뇌하고 시련을 겪어야 그 속에서 독자에게 감동을 줄 수 있는 작품이 나오는 것이다.

나도 시간이 남을 때 글을 쓰는 편이다. 밤엔 졸려 글쓰기가 싫어진다. 글쓰기가 우선순위에서 항상 꼴찌로 밀린다. 여건이 좋을 때나 글을 써보려고 하니 과연 언제쯤 작품다운 작품 한 편을 쓸 수 있을까.

젊음과 정열과 사랑을 오로지 사진 예술에 모두 바친 그분의 삶을

생각해 본다. 나는 그분처럼 예술혼도 없고 정열도 턱없이 부족한데
왜 글쓰기라는 어려운 길을 선택했을까, 후회스러운 마음이 가슴 한
쪽에서 서성거린다. 갤러리 창밖에 이슬비가 내리고 있다.

욕망과 절제 사이

'슬로우 슬로우 퀵 퀵' 구호가 눈길을 끈다. 안전생활실천시민연합의 금년도 건전음주 캠페인의 슬로건이다. 건전한 음주 문화의 정착을 위해 '술잔은 천천히, 술자리는 짧게' 하자는 뜻으로 만든 표어이다. 마치 춤을 출 때의 스텝처럼 어감이 이채롭게 보인다. 쉽게 떠오르고 오래 기억에 남을 듯하다. 술자리에서 지켜야 할 규칙으로 이색적이고 적절한 표현이 아닐까 싶다.

한 가지를 얻으면 다른 한 가지를 잃게 되는 것이 세상의 이치이다. 두 가지를 다 얻으려는 욕심꾸러기 운동이니 자연히 우리의 관심을 끈다. 술이 관대한 우리 사회에서 좋은 결과를 얻으려면 홍보도 잘하고 실천하는 분위기의 조성이 우선이라 생각한다.

학창시절 손아래 처남은 술을 무척 즐겼다. 그가 술잔을 비울 땐 '쪼옥' 하는 소리가 나곤 했다. 술을 좋아하는 사람은 쓴술도 달콤한가 보다. 그 시절 나는 술을 별로 좋아하지 않은 터라, '처남처럼 나도 술을 즐길 수 있으면 얼마나 좋을까?' 라고 생각했다. 술을 맛있게 마시는 처남이 그렇게 부러울 수가 없었다.

인간은 술 없이도 살 수 있을까. 술은 인간의 욕망을 충족시키는 한 요소로서 일상생활에 없어서는 안 될 필수 식품이다. 대화의 매개체로 술만큼 좋은 게 어디 있을까. 남녀 간의 사랑도 술이 촉진제 역할을 톡톡히 한다. 하지만, 술을 과음하면 실수가 따르고 중독되면 건강에 악영향을 끼치는 부정적인 측면이 있다.

인간의 욕망은 밑 빠진 독처럼 끝이 보이지 않는다. 삶 자체가 욕망을 채우는 과정이라면 지나친 말일까. 아무리 채우고 채워도 채워지지 않는 것이 욕망의 특성이다. 지향했던 욕구가 달성되면 만족도 잠깐, 그 순간이 지나면 이미 충족되었던 욕망은 물거품처럼 사라져 버리고 다시 원점으로 환원된다. 게다가 원시적 욕구가 해결되면 잠시 후 또 다른 차원의 욕구가 샘물처럼 솟아오른다.

물론 인간이 욕망을 충족시키려는 노력은 행복을 얻기 위함일 것이다. 그러나 그 과정에서 문제나 갈등이 수반되기도 한다. 행복을 추구하기 위한 욕망이 지나쳐 도리어 불행을 자초하기도 한다. 그럴 때면 자기 자신이 불행하다는 생각이 든다.

한번 충족된 욕망의 효력을 오래 지속시키는 방법은 없는 것인가. 그것이 실현된다면 인간의 삶에는 어떠한 변화가 있을까. 열심히 일하고 애써 돈을 벌려는 마음이 적어질 것이다. 당연히 경제활동과 사회의 발전 속도가 더뎌진다. 남녀 간 사랑의 열정도 미지근해지고 목표에 도전하려는 의지도 약해질 것이다. 또한, 돈을 벌려고 아등바등 다투며 살지도 않을 것이다. 현실적으로 실현가능성이 희박한 부질없는 생각인지도 모른다.

'지나침은 부족함만 못하다' 라는 명언이 떠오른다. 욕망이 충족되면 허전한 마음이 들기도 하고 달성된 욕구에 대한 매력을 잃어버린다. 아쉬움을 남긴 채 욕구를 충족시키면 인생도 적당히 즐기며 허탈감을 줄일 수 있어 좋을 성싶다. 욕망에 한도를 정하고 넘치면 멈출 수 있는 자제력이 요구된다. 인고의 과정은 쓰나 열매는 단 것이 절제가 아닐까 싶다.

절제하는 삶은 지혜로운 삶이다. 욕망을 조절하면서 인생도 즐기고 건강도 챙겨서 행복을 오래 유지할 수 있는 삶이 될 수 있기 때문이다. 한번 중독이 되어버린 욕망의 고리를 끊는다는 것이 결코 쉬운 일인가.

자기 자신이 나락의 길로 빠지고 있다는 사실을 알면서도 하던 일을 멈추지 못하는 것이 욕망의 집착이다. 절제 앞에 무수한 난관이 도사리고 있는 것이다.

‘술잔은 천천히, 술자리는 짧게’ 캠페인은 인생도 즐기고 건강도
챙기자는 윈윈전략이다.

왼손 길들이기

　오른손만 쓰면 불편할 때가 종종 있다. 왼손에 오른손 역할의 일부를 맡기기로 했다. 오른손 중심의 획일성, 단편성에서 벗어나고 싶어서이다.

　휴대전화를 셔츠의 앞 호주머니에 집어넣고, 줄로 연결하여 목에 걸고 사용하고 있다. 운동하거나 일을 할 때 고개를 숙이면 떨어질 위험이 있고, 걸려온 전화를 받을 때 호주머니가 왼쪽에 있어 오른손을 사용하기가 불편하다. 걸려온 전화를 왼손으로 받으면서 오른손은 메모하곤 한다. 전화를 걸 때도 왼손을 사용해서 버튼을 눌러야 편리하다. 휴대전화를 왼손으로 잡은 상태에서 왼손 엄지손가락으로 버튼을 눌러 전화를 건다. 왼손이 오른손 역할의 일부를 물려

받은 셈이다.

　나무에 올라 톱으로 나뭇가지를 자를 때에 몸통을 돌리지 못하면 오른손의 사용이 불편한 경우가 있다. 오른손으론 닿지 않은 위치에 있는 지붕이나 복도난간의 가장자리 작업도 왼손으로 처리해야 편리할 때가 있다. 이럴 땐 오른손보다 왼손을 이용하는 것이 훨씬 일의 능률이 오른다. 왼손을 길들이면 오른손이 할 일을 대신해줘서 좋은 것이다.

　처음엔 왼손을 사용하기가 낯설고 서툴렀다. 자주 사용하다 보니 서서히 길들어 익숙해졌다. 이젠 휴대전화로 전화를 걸거나 문자메시지를 보낼 때 왼손을 곧잘 사용한다. 자주 사용하다 보니까 버릇이 되어 오른손이 오히려 어눌해졌다. 인체의 기능은 사용하지 않으면 퇴화한다는 '라마르크'의 용불용설이 맞는 것 같다.

　오른손만 사용하면 일의 능률이 떨어진다. 오른손과 왼손을 같이 사용하거나 오른손이 힘들 때 왼손이 교대로 일해야 일의 능률이 높아지는 것이다. 오른손잡이라고 오른손만 쓰고, 왼손잡이라고 왼손만 사용하여 한쪽을 혹사할 필요가 없다. 오른손잡이는 왼손을 활용하고, 왼손잡이는 오른손을 이용하면 일석이조이다. 세상 모든 일이 다 그러하듯 서로 상부상조해야 일의 효율성이 높아질 것이다.

　오른손잡이는 오른손만 사용해야 한다는 고정관념에 사로잡히지 말고, 왼손도 사용할 수 있다는 융통성이 있어야 일이 수월해진다.

왼손잡이도 왼손만 사용해야 한다는 선입관을 과감히 떨쳐버릴 필요가 있다. 필요에 따라 적절히 평소에 사용하지 않는 손을 활용하는 것이 현명하다.

우리나라는 오른손잡이가 대다수이다. 반면 선진 외국엔 왼손잡이가 적지 않다. 오른손잡이가 많은 우리나라는 획일성 문화이고, 왼손잡이가 많은 선진국은 다양성을 존중하는 문화이다. 획일성문화는 다수의 횡포에 빠질 우려가 있으나 의사결정이나 유행이 빠르다. 다양성문화는 합리적이지만 의사결정이나 일의 추진이 더딘 단점이 있다.

올해는 정치권이 좌우로 나눠 이전투구를 벌인 한해였다. 교수신문이 2004년도의 사자성어를 당동벌이黨同伐異로 정했다고 한다. 같은 파끼리 당을 만들고 다른 파를 공격한다는 뜻이다.

좌는 좌의 주장만 하고, 우는 우의 주장에만 열을 올렸다. 민의는 제쳐두고 좌는 우의 이야기를 듣지 않고 우는 좌의 견해를 수용하지 않았다. 우는 좌를 비판하고 좌는 우를 헐뜯고, 우는 우의 주장만 하고 좌는 좌의 논리만 전개하며 국력을 소모했다.

옳고 그름을 떠나 자기와 당파가 다른 집단을 무조건 공격하는 극한 대립의 연속이다. 자기하고 같은 편은 무조건 깨끗하고 정당하며, 자기와 생각이 다르면 부도덕하고 잘못됐다는 독선적이고 자기중심적인 사고가 팽배한 정치 현실을 보면 늘 가슴속이 답답해진다.

언제쯤 우리 정치권도 불신의 정치형태에서 벗어나 순리와 상식이 통하고 서로 믿고 화합할 수 있을는지.

상대의 주장이나 견해가 타당성이 있으면 수용할 줄 알고, 타협할 수 있는 마음의 여유가 필요하다. 자기의 논리만이 옳다는 생각은 건전한 사고방식이 아닐 것이다. 이는 오른손잡이가 오른손만 사용하여야 한다는 경직된 사고와 무엇이 다르랴. 경우에 따라서는 왼손도 활용하는 유연성이 난관에 부딪히더라도 일을 원활히 풀어나갈 수 있는 원동력이 되지 않을까 싶다.

한쪽으로만 생각하면 올바른 의사결정이나 선택의 한계에 부딪힌다. 자기의 생각과 다르더라도 타인의 주장을 깊이 생각할 수 있는 성숙한 역량을 길렀으면 한다. 자기와 생각이 다른 사람과도 서로 타협하고 절충하여 합의점을 찾을 수 있는 문화를 기대해본다. 모두들 왼손 길들이기를 해 보는 것은 어떨까.

말馬의 자살

상큼한 갯바람이 감미롭다. 눈이 시리도록 푸른 하늘과 바닷가 풍경에 가슴이 설렌다. 바깥쪽으로만 쏘다니느라 정작 내가 사는 마을 일에는 무심했기에 마을금고 산악회에서 주관하는 올레 걷기에 처음으로 참석했다.

봄빛이 완연한 표선 해수욕장 동쪽 해변에 이르렀다. 모래사장을 건너려면 신발을 벗고 맨발로 걸어야 제격이다. 벗은 신발을 손에 든 채 회원들과 조개를 잡으며 모래사장을 건넜다.

멀리서 따닥따닥 말 발굽 소리가 요란스럽게 귓전을 울렸다. 다섯 명의 기수들이 표선 백사장에서 말을 타고 서부영화의 배우들처럼 쏜살같이 질주하고 있다. 꼴찌에서 달리던 말이 선두에서 달리는 말

을 앞질러 나간다. 백사장 서쪽에서 출발한 말이 금세 동쪽 해안가
에 도착한다. 총알같이 달리는 말 다섯 마리의 경주를 보면서 동아
리 회원들이 이구동성으로 '와' 하고 환호성을 지른다. 말을 탄 5명
의 승마 동아리 회원들이 백사장에서 달리기 경주를 하는 것 같다.

중원을 통일한 칭기즈칸이 문득 머릿속을 스쳐 지나갔다. 그도 말
이라는 빠른 이동수단이 없었더라면 과연 광활한 지역을 점령하여
다스릴 수 있었을까. 승마를 즐기는 기수들이 부럽다는 생각에 여태
껏 승마도 배우지 못했다는 아쉬움이 살짝 고개를 든다.

당케 포구의 쉼터에 도착했다. 바닷물에 젖은 발을 수건으로 닦고
동료회원들과 쉬고 있는데 말 한마리가 바닷가로 뚜벅뚜벅 걸어가
는 모습이 보였다. 바닷물에 몸을 적셔 더위를 식히려고 수심이 얕
은 곳으로 걸어가는 걸로만 생각했다. 그런데 말은 걸음을 멈추지
않고 계속 수심이 깊은 곳으로 뚜벅뚜벅 걸어가는 것이 아닌가. 말
혼자 바닷물로 들어가는 게 좀 석연치 않은 예감이 뇌리를 스쳤다.
말이 홀로 바닷물로 진입하는 것 자체가 보기 드문 광경이다.

말이 장난치는 게 아닌가 싶었다. 조금 전진하면 약간 깊은 곳에
갯바위가 놓여 있다. '말이 묘기를 보여주려고 갯바위까지만 가는
걸 거야. 그냥 갯바위를 한 바퀴 돌고 되돌아오겠지.' 라고 생각했
다.

잠시 후 말이 물에 빠진 사람처럼 허우적거리는 모습이 희미하게

눈에 띄었다. 갯바위 근처에서 말이 헤엄치는 줄만 알았는데 말의 머리 부분이 금세 시야에서 사라져 버렸다. 순식간에 말이 물속으로 가라앉아버린 것이다. 수심이 그리 깊지 않은 곳인데 물속으로 잠기다니, '접시 물에도 빠져 죽는다.' 는 말이 실감이 났다.

짐승들도 물에 빠지면 죽지 않으려고 무의식적으로 헤엄칠 줄 안다. 헤엄칠 생각도 없이 그냥 물속에 빠진 걸 보면 말이 자살한 것이 틀림없다. 말의 자살이라니 세상에 이런 해괴한 사건도 있을까. 내 눈으로 똑똑히 보고, 오름 동아리 회원들과 바닷가에 놀러 온 사람들도 유심히 그 희한한 사건을 지켜보았다. 난생처음으로 목격한 동물의 기이한 자살 사건이다.

뒤늦게 기수가 말이 빠져 있는 갯바위 쪽으로 달려갔다. 승마복차림의 여자 기수였다. 수심이 깊지 않은 바닷물이어서인지 여자 기수도 곧장 말이 빠진 갯바위에 다다랐다. 말고삐를 잡아당기면서 말을 이끌려고 시도하는 그녀의 모습이 시야에 들어왔다. 이미 숨을 거두었는지 말은 미동이 전혀 없다.

부력 탓인지 여기수가 물에 빠져 숨진 말을 잡아당기자 갯바위에서 해변 사이의 중간까지 물속에서 이끌려왔다. 죽은 말을 끌어당기다가 기수는 넋을 잃고 멍하니 주저앉았다. 주위의 도움을 기다리는 것인지 모르지만 꼼짝하지 않는다.

예기치 못한 갑작스런 사건 앞에 기수는 기가 막히고 황당하여 제

정신이 아닌 것 같다. 자기가 백사장에서 탔던 말이 갑자기 익사해 버렸으니 마음의 충격이 클 수밖에. 자신의 부주의로 애마를 죽이고 그 죽은 말에 대한 금전적인 변상까지 해야 된다는 어처구니없는 현실에 억장이 무너지는 불안감이 엄습한 게 아닌가 싶었다. 조금 전까지 동호인들과 함께 승마를 즐겼는데 잠깐 사이에 천당과 지옥을 경험하고 있는 셈이다. 어두운 그림자가 가녀린 그녀의 얼굴에 짙게 드리워진 듯하다.

기수는 말이 혼자 바다로 걸어가는 걸 그냥 방치했던 것일까. 혹시 말에서 내려 고삐를 잡아 묶지 않고 화장실에 다녀왔거나 승마 도중 낙마하여 잠시 기절한 사이에 말만 바닷물 속으로 걸어간 것일까. 기수가 말 곁에 있었더라면 얼른 달려가 말의 고삐를 붙잡고 물이 없는 모래사장으로 데리고 왔을 터이고 혼자 바닷물 속으로 걸어가는 말을 방치할 리가 없었을 것이다.

다른 승마 회원들도 이 광경을 보지 못한 것일까. 자기가 탄 말에만 신경을 쓴 나머지 동료 회원의 말에는 무심했을지도 모른다. 동료회원들이 설사 말이 바닷가로 걸어가는 광경을 근처에서 보았더라도 말이 자살하려고 물속으로 들어간다고는 꿈에도 생각하지 못했으리라.

고래들이 해변에 몰려와 자살하는 광경을 매스컴에서 보았지만, 말이 자살하는 건 정말 희귀한 사건임에 틀림없다. 말이 자살한 이유가 무엇일까. 하필이면 물에 빠지는 죽음을 선택했을까. 아무리 말 못하는 짐승일지라도 기막힌 사연을 가슴에 품고 있었는지도 모를 일이다.

고통을 견뎌내지 못하고 스스로 목숨을 끊어 생을 마감하는 사람들을 보면 동정에 앞서 안타까운 마음이 솟구친다. 한순간의 마음을 다스리지 못하고 자살을 선택을 하는 데는 그만한 아픔이 있겠지만 신이 준 생명을 스스로 죽이는 일은 그 자체가 죄악이다. 말의 죽음을 보며 끝까지 살아내야 할 이유를 생각한다.

영원한 사랑

　올해로 6.25 전쟁 60주년을 맞이한다. 부산 남구 대연동 'UN 기념 공원'에서 특별한 기념식이 거행되었다. 영연방 4개국의 참전용사와 가족 200여 명이 참석하여 전사 장병에 대한 참배를 마치고, 전쟁의 상처를 사랑으로 승화한 휴머스톤 부부의 합장 의식을 치렀다.

　호주군 전사자인 휴머스톤 대위의 묘에 그의 아내 낸시 휴머스톤 씨의 유해를 합장한 것이다. 이는 휴머스톤 부인이 숨지기 전 "내 유해를 한국에 있는 남편 묘소에 뿌려다오. 이제 남편 곁에 있고 싶다."는 유언을 남겼고, 조카인 홈즈 씨의 합장요청을 공원관리처에서 받아들이면서 이루어졌다.

　1947년 호주 간호사 낸시는 영 연방군을 따라 패전국 일본으로 건너갔다. 그곳에서 그녀는 호주장교 휴머스톤과 열렬한 사랑에 빠졌다. 마침내 그들은 1950년 9월 결혼식을 올렸다. 신혼의 달콤한 행복도 제대로 나눠보지 못하고 남편인 휴머스톤 대위는 6.25가 터진 한국으로 떠났다.

어느 날 낸시에게 남편이 낙동강 전투에서 전사했다는 전보가 왔다. 결혼한 지 딱 3주 만이다. 그녀는 오보이기를 바랐다. 청천벽력 같은 전사 소식에 낸시는 혼절하고 만다. 전쟁이 낳은 잔인하고 가혹한 비극 앞에 넋을 잃어버릴 수밖에 없었던 것이다. 하늘이 무너지고 땅이 꺼져버릴 것 같은 슬픔으로 그녀의 가슴은 와르르 무너져 버린다. 남편이 사망했다는 현실을 그녀는 도저히 받아들일 수가 없었다. 사랑하는 남편의 전사는 낸시의 가슴속에 평생 지울 수 없는 쓰라린 상처를 남기고 말았던 것이다.

낸시는 귀국했다가 다시 간호사로서 일본 근무를 자원했다. 슬픔에만 빠져 있는 건 세상을 떠난 남편을 위한 길이 아니라고 생각한 모양이다. 그녀는 한국전에서 후송된 부상병을 돌봤다.

귀국 후에도 평생 간호사로서 이웃에 봉사했다. 가족 친지로부터 재혼의 권유를 받을 때마다 그녀는 한사코 거절했다. 사별한 남편과의 사이에 자식도 없는데도 사랑하는 남편을 가슴속에 묻고 평생 재혼하지 않은 채 홀로 살았다.

결혼 3주 기간 동안 부부로서 어떻게 그리 깊은 사랑이 이루어질 수 있단 말인가. 사랑의 깊이는 서로 함께한 시간의 길이에 있는 게 아니라 짧은 기간이더라도 진정으로 서로를 얼마나 사랑했느냐에 달린 것이 아닐까 싶다. 남편과의 사랑을 가슴속 깊이 간직한 채 평생 혼자 산 그분의 처절한 삶을 생각하며 진정한 사랑이란 과연 무엇인가를 생각해 보게 된다.

그녀는 다른 사람을 만나지 않고 혼자 사는 것이 진심으로 사랑한 남편에 대한 예의이자 도리라고 생각했을 것이다. 또한 현세에서 사랑하는 사람과의 사별은 일시적인 헤어짐이고, 하늘나라에서 다시 만나면 그이와 영원한 행복을 누릴 수 있으리라는 철석같은 믿음으로 험난한 인생을 꿋꿋하게 견뎌냈을지도 모른다. 이승에서의 삶은 잠깐이고 하늘나라에서의 삶이야말로 영원한 것이며, 삶과 죽음은 단절된 게 아니라 서로 연결된 걸로 인식한 것 같다. 죽음이 갈라놓을 때까지 변치 말자는 사랑을 초월하여 죽은 후에도 변치 않는 영원한 사랑을 몸소 실천한 분이다. 하얀 목련처럼 순결한 삶을 살았다.

남녀가 서로 사랑하면 결혼을 생각하게 마련이다. 자식을 낳아 대를 잇고 더 행복하게 살기 위해서이다. 자식은 부부의 사랑을 유지하는 끈인 것 같다. 살다가 어려움에 부딪혀도 자식 때문에 참고 견디는 것이 부부의 인생이다. 자식이 부부의 애정을 지켜주는 방파제인 셈이다. 자식도 없는데 사별한 남편을 잊지 못하고 평생 홀로 사는 여자들이 요즘 세상에 과연 몇이나 될까

인간은 자신의 선택한 인생길로 걸어간다. 정절을 지키며 일평생 독신으로 산 그녀의 삶도 그녀 자신이 스스로 선택한 운명이다. 주변에서 재혼의 권유도 수차례 받았을지도 모른다. 이성으로부터 프러포즈도 없지 않았을 것이다. 남편이 이 세상에 없어도 그이와 맺은 사랑의 인연을 차마 배신할 수가 없다고 여기고 스스로 외로운 독신의 길을 선택한 것이 아닐까.

남편에 대한 애정이 얼마나 깊고 애틋했으면 인생 새 출발의 기회를 전부 물리치고 독신의 험난한 길을 선택한 것일까. 전쟁이 낳은 쓰라린 상처인지도 모른다. 사랑하는 남편의 전사로 인한 감당할 수 없는 마음의 충격이 도저히 지울 수 없는 한으로 가슴속에 오롯이 새겨져 그녀를 일평생 붙들어 맨 건 아닐까. 그녀의 마음이 온통 휴머스톤 대위와의 사랑으로 메워져 다른 이성을 받아들일 수 있는 여백이 없지 않았나 싶다. 그로 인해 낸시 여사는 나약한 여자의 몸으로 일평생 가슴을 에는 듯한 외로움을 견뎌낼 수밖에 없었을 것이다. 어쩌면 영원한 내세의 사랑을 위하여 작심하고 고독한 현세의 가시밭길을 감수한 게 아닐까 싶은 생각이 든다.

쓰라린 가슴의 상처를 숭고한 사랑으로 승화한 여인이다. 전쟁도 긴 세월도 먼 거리도 그녀의 사랑을 갈라놓지 못한 것 같다. 현세에서 외롭고 고독한 삶을 살았지만, 내세에선 그녀의 남편과 영원한 사랑을 누리며 행복하게 살 것이다.

허리앓이

    아침 청소 중 갑자기 허리에 통증이 생겼다. 일을 멈추고 침대에 누워 안정을 취한 다음 다시 일어나려니 몸을 일으킬 수가 없다.

    수년 전 밭에서 일하다가 허리를 삐끗해서 고생한 적이 있다. 손수레에 비료를 싣고 힘겹게 오르막을 오른 게 화근이었다. 한의원에 가서 침을 맞고 부항도 뜨며 치료를 받았는데도 치유되기까지 꽤 오랜 시간이 걸렸다.

    아파 보아야 건강의 중요성을 실감하는 법이다. 그 뒤로 허리의 힘을 키우기 위한 스트레칭 체조와 걷기 운동을 생활화하는 계기가 되었다. 그럼에도 불구하고 이번에 또다시 뚜렷한 이유도 없이 허리가 아픈 것이다.

하룻밤을 자고 나면 나아지리라 생각했다. 이튿날에도 낫기는커 녕 통증이 점점 심해질 뿐이었다. 더욱이 몸을 꼿꼿이 세워 한 발자 국 옮기기가 힘들 지경이었다. 평소에 건강관리를 나름대로 잘하고 있다고 자부했는데 예상치 못한 불청객이 불쑥 방문했으니 좀 난감 했다.

허리 통증의 원인이 무엇일까 곰곰이 생각해 봐도 도무지 감이 잡 히지 않았다. 단지 죄가 있다면 텔레비전 연속극을 오래 본 것뿐이 다. 텔레비전의 시청이 허리와는 아무런 연관이 없다고 생각했다. '설마 그게 원인은 아닐 테지.' 마음속으로 되뇌었다.

하는 수 없이 한의원을 찾았다. 아픈 증상을 들은 한의사가 손가 락으로 내 척추 주위를 군데군데 눌렀다. 다른 부위는 통증이 없는 데 왼쪽 허리 쪽이 아픈 게 아닌가. 왼쪽 시력이 별로 좋지 않은 상 태에서 장시간 눈을 혹사한 것이 허리 병의 원인이라고 진단했다. '설마'가 사실이 되고 말았다.

지난 주말 딸내미와 새벽 2시까지 〈겨울연가〉를 시청했다. 일본 에 한류문화를 전파한 드라마에 대한 호기심 때문이었다. 일본인들 이 〈겨울연가〉에 열광했던 이유도 알고 싶었다.

〈겨울연가〉는 나를 드라마 속에 흠뻑 빠지게 했다. 좋아하는 사람 에 대한 변치 않은 순수한 사랑이 메마른 가슴에 심금을 울렸다. 일 본 팬들이 배용준 씨에게 열광하는 걸 이해할 수 있을 것만 같았다.

어느새 드라마의 주인공처럼 사랑에 빠지고 싶은 간절한 마음이 들었다.

밤 열 시 반이면 어김없이 잠자리에 들었는데 새벽까지 장시간 TV에 빠져버린 건 난생처음이다. 시력이 좋지 않은 상태인데도 소파에 누워 뒤척거리며 끝까지 드라마를 본 것이 나에겐 무리였다.

몸은 규칙적인 생활리듬을 좋아하는가 보다. 일상의 궤도에서 이탈하면 육체도 스트레스를 받아 이상 징후를 보이니 말이다. 좋아하거나 관심이 있는 일, 원하는 것에 한 번 푹 빠져보는 자체가 진정 멋진 삶이다. 그러나 그것은 열정, 건강 등이 뒷받침 되어야 한다.

요통의 돌발적인 출현은 〈겨울연가〉를 보지 말라는 경고인 듯하다. 질병은 자기 자신의 한계를 깨닫게 하고 무한한 욕망을 절제하도록 한다. 아쉽지만 건강을 위해서 브레이크를 밟았다.

회한의 눈물

휴가를 마치고 사무실에 출근하자 여직원이 걱정 어린 눈빛으로 보고를 한다. 5층에 사는 할머니가 119구급차에 실려 병원으로 갔단다.

"저런, 무슨 일이 있었나요."

"할아버지와 같이 계단을 내려오다 쓰러졌답니다."

할머니는 제주도에 정착하기 위하여 남편을 따라 서울에서 내려와 주민등록 이전신고도 마쳤다. 하지만, 뇌졸중 후유증으로 거동이 불편하여 바깥출입도 제대로 하지 못하던 터였다. 집안 살림은 할아버지의 몫이었다. 할아버지는 가끔 관리사무소에도 들러 집에서 정성껏 만든 음식도 갖다 주곤 했다. 정직하시고 남에게 베푸는 걸 좋아하는 인정이 많으신 분이다.

갑작스러운 할머니의 사고 소식에 근심의 그늘이 드리워졌다. 건강을 위하여 오셨으니 두 분이 건강하셔야 하는데 할머니께 무슨 일이 생긴다면 할아버지는 실망을 가슴에 안고 서울로 다시 올라가 버릴지도 모른다. 아무쪼록 할머니가 빨리 쾌유하시기를 빌었다.

할아버지께 전화를 걸어 할머니의 안부를 여쭸다. 서귀포 시내에 있는 모 병원에 입원했다고 한다. 며칠 후 문병을 가보니 병실이 비어 있었다. 간호사에게 물어보니 어제 퇴원했다고 한다. 사무실 일로 차일피일 미룬 것이 문병할 기회를 놓친 것 같아 아쉽기도 하고, 할머니의 병환이 호전된 게 아닌가 싶기도 했다.

병원 문을 나오면서 할아버지께 전화를 드렸더니 슬픔에 잠긴 듯한 할아버지의 음성이 수화기에서 가늘게 새어나왔다. 서귀포에서는 치료할 수가 없어 어렵사리 제주시 소재 대학병원으로 옮겼다는 것이다.

할아버지가 간병인에게 할머니의 간호를 부탁하고 집에 잠시 들렀을 때 마침 내가 전화를 건 것이다. 서둘러 할아버지 댁으로 찾아뵈었다. 소파에 쪼그리고 앉은 채 눈물을 글썽이는 할아버지 모습을 보니 안쓰러웠다.

할아버지는 처음에 혼자 두 달에 한 번 쯤 내려와 1주일 정도 머물면서 골프도 치고 쉬다가 상경하곤 했다. 그러던 어느 날 할아버지께서 위장 출혈이 심해 생명이 위독했다. 급히 서울 세브란스 병원에 입원하여 위기를 모면할 수 있었다. 서울에 살아야만 병을 바로 치료할 수 있다는 현실을 절실히 체험한 것이다. 할아버지는 서귀포에 있는 아파트를 팔고 서울로 가셨다.

병이 완쾌되자 할아버지의 마음은 갈대처럼 흔들렸다. 서울 생활이 너무 답답했기 때문이다. 다시 서귀포의 생활이 그리워지기 시작했다. 할아버지는 마침내 몸이 편찮은 부인을 설득하여 여생을 서귀포에서 보내려고 다시 내려온 것이다.

노후를 서귀포에서 보내려는 서울 사람들이 더러 있지만 별장으로 사용할 뿐 부부가 같이 내려와 이곳에 정착하여 사는 사람은 그다지 많지 않다. 이사를 왔다가도 병이 나면 돌아가기 마련이다. 제주에 좋은 병원이 없는 것이 주된 요인이다.

할아버지처럼 이곳에 집을 마련하여 혼자 살다가 떠난 후 다시 아내와 내려와서 정착하는 사례는 보기 드문 일이다. 그것은 할아버지가 서귀포를 떠나서는 한시도 살 수 없을 만큼 그동안 정이 듬뿍 들었기 때문이 아닐까.

할머니는 계단을 내려오다 발을 헛디뎌 쓰러질 때 척추를 다친 듯하다. 척추 손상은 소화기능의 장애로 이어져 아무것도 먹지 못한 채 고생하고 계셨다. 고통을 이기지 못해 힘들어하는 아내를 홀로지켜보는 할아버지의 가슴은 얼마나 미어질까. 할아버지로서는 적잖은 병원비가 부담이 되고도 남는다. 그래도 할아버지는 빨리 낫기만 하면 다행인데 혹시 잘못 되면 어떻게 감당할 수 있을까 싶어 밤잠을 이룰 수가 없다고 했다. 불행한 현실 앞에 할아버지의 근심이 날로 늘어만 가고 있는 것이다.

할아버지가 가까운 친족도 없는 서귀포에 내려와 정착하려는 이유가 어디에 있을까 우선 건강을 위해서일 것이다. 기후도 온화하고 맑은 공기를 마시며 골프를 하기엔 최적의 환경이다. 자식들은 서울에 다 살고 있는 것일까. 자식들에게 병원에 입원한 사실을 알리기나 한 것일까. 노후에 자식과 멀리 떨어져 산다면 서로 불편한 점이 종종 발생할 터이다. 그런데도 굳이 서귀포에 온 걸 보면 아예 자식들에게 부담을 주지 않으려고 멀리 떨어져 사시는지 모른다.

할아버지의 고향은 이북이다. 6.25전쟁 때 월남하여 산전수전 고생을 많이 하신 분이시다. 일평생 미군 부대에서 근무하고 정년퇴직하셨다. 정직과 신의를 생활신조로 삼아 성실하게 근무한 것이 정년퇴직까지 오래 버틸 수 있었던 비결이 아닌가 싶다.

뇌졸중으로 고생하는 할머니는 제주에 내려가는 것을 원하지 않았다고 한다. 할아버지는 할머니에게 제주에 내려가서 살자고 한 것이 몹시 가슴에 짐이 되는가 보다. 아내의 손목을 잡고 계단을 내려갈 때 쓰러지는 것을 바로 붙잡았으면 다치지 않았을 텐데 자기 불찰로 병원 신세를 지게 되었다고 괴로워하신다.

할아버지는 할머니의 목숨을 살리기 위해서 지푸라기라도 붙잡고 싶은 심정일 것이다. 교회를 찾아가 목사에게 아내의 병을 낫게 해 달라는 기도를 요청했다고 한다. 얼마나 간절했으면 무신론자인 할아버지께서 교회의 목사님한테로 찾아가 안수기도까지 부탁했을까.

홀로 우두커니 소파에 앉아 눈물을 참지 못하신다. 아내를 입원시키고 지나온 인생을 회고하면서 흘리는 회한의 눈물이 아닐까 싶다. 인간은 누구나 생로병사의 피할 수 없는 운명을 어깨에 짊어지고 살아간다. 나의 미래도 알 수 없다. 할머니가 건강을 되찾아 웃음꽃이 피는 할아버지의 얼굴을 보고 싶다.

할아버지가 남긴 통장

 마을 임원들과 2박3일의 육지 관광을 마치고 돌아오니 아내가 친족 할아버지께서 돌아가셨다는 소식을 전했다. 여행 다녀온 얘기도 나누고 아내에게 줄 선물도 전하려고 풍선처럼 잔뜩 부풀었던 가슴이 휑하니 꺼져버리고 금세 어두워졌다. 부랴부랴 옷을 갈아입고 아내와 총총걸음으로 아래 동네로 발길을 옮겼다.

 할아버지는 독채에서 혼자 사시다가 94세의 일기로 숨을 거두셨다. 집안에서 넘어져 엉덩이뼈를 다친 것이 화근이었다. 치료가 늦어지자 폐렴으로 번져 결국 사망에 이른 것이다. 요양원에 계셨더라면 적절한 치료와 간병인의 도움을 받을 수 있어 더 오래 사셨을지도 모른다. 둘째 며느리가 이웃에 살면서 아침저녁으로 들러 뒷바라지를 했겠지만 농번기에 농사일을 하고 아이들 돌보느라 병 수발을 드는 데는 한계가 있었을 것이다.

아들을 결혼만 시키면 부모와 자식 간에 따로 사는 것이 예로부터 대대로 내려온 제주의 풍습이다. 한울타리에 2대가 같이 살면서도 부모는 안채 아들은 바깥채에서 따로 밥을 지어 먹는다. 바람 많고 돌 많은 절해고도인 제주섬에서 굶지 않고 살기 위해선 자녀들의 독립심을 키워줘야만 살아갈 수 있었다. 척박하고 거친 땅에 적응하기 위해서 자연스레 형성된 관습이 아닌가 싶다. 물론 자식에게 걸림돌이 되지 않고 부담을 주지 않으려는 부모의 마음도 들어 있을 것이다.

어떠한 관습이나 제도도 장단점이 있게 마련이지만 자식이 부모를 봉양하는 일에는 무심하거나 소홀하기 쉬운 풍습이다. 한 식구가 한울타리에 살면 같이 한솥밥을 먹어야 미운 정이든 고운 정이든 소복이 쌓일 텐데, 결혼과 동시에 분가시키거나 한울타리에 살아도 밥을 따로 지어 먹는 관습은 자연히 부모와 자식 간에 관심이나 온정이 서서히 멀어지게 되는 사이로 변하게 되는 게 아닌가 하는 생각이 든다.

할아버지는 어려운 살림에도 5남 1녀의 자식을 훌륭히 키우신 분이다. 고인께선 6명의 자녀 중에서 장남과 셋째 아들이 먼저 세상을 떠나는 쓰라린 아픔을 몸소 겪으셨다. 할머니는 2년 전에 먼저 돌아가셨다. 할머니가 병석에 누워 있을 때는 실어증으로 말도 못하고 대소변을 받아내야만 하는 식물인간이나 다름없었다. 할아버지가 손수 할머니의 병 수발을 들었다. 그래도 그때 할아버지의 얼굴은 편안해 보였다. 병간호를 하느라 육체적으론 고생이 많았고 서로 대화를 주고받진 못했지만, 당신께서 직접 도움을 줄 수 있다는 사실 자체에 스스로 마음의 위로와 한 줄기의 희망을 품었을지도 모른다.

목적이 있는 삶은 외로울 틈도 없고 심적으론 안정이 된다. 소일거리도 없이 노후의 여생을 홀로 보낸다는 건 외롭고 쓸쓸한 일이다. 할머니를 먼저 보내고 홀로 독방에 갇혀 아무런 낙도 없고 찾아오는 사람도 없이 무심하고 지루한 시간을 한 가닥 희망이라곤 보이지 않은 상태에서 허무하게 하루하루 보낸다는 것이 얼마나 고독하고 견뎌내기 힘든 나날이었을까. 홀로 살아가는 외로운 이 세상, 사는 재미도 사라지고 차라리 빨리 죽는 게 낫다고 생각했을지도 모른다.

할아버지가 남기고 간 통장엔 3,500만 원이 들어 있었다. 돈 많은 사람에겐 하찮은 액수이겠지만, 가난한 할아버지로선 그야말로 피 같은 돈임에 틀림없다. 쓰고 싶어도 참고 절약하여 평생 모은 돈이다. 그 돈으로 노후에 양로원이나 요양원에 기탁하여 그곳에서 생활했더라면 간병인의 도움을 받고 노인들끼리 어울려 살면서 외로움 없이 여생을 편히 살 수도 있었을 터이다.

몸이 불편하면 병원에도 자주 출입하여 의사가 처방한 약도 복용하고, 하고 싶은 것도 가끔 즐기면서 그동안 모은 돈을 요긴하게 사용할 수 있었으면 얼마나 좋았을까. 힘들게 모은 돈을 한번 제대로 써보지도 못하고 고스란히 통장에 남겨두고 돌아가시다니 울컥 마음이 시렸다.

부모가 죽으면 제사 명절을 맡을 상주에게 물려주는 밭을 우리 고장에서는 저울전이라 칭한다. 망인의 기일에 제사지내고 산소의 벌초 비용으로 충당하라고 자손에게 남기는 재산이다.

선조들은 사후의 세계가 있다고 믿었고, 부모가 죽으면 자식들이 기일을 잊지 않고 제지내는 것을 덕행으로 여겼다. 자손들이 번성하고 조상의 제사를 잘 받들어야 하늘나라에서 행복하게 살 수 있으리라 생각했다.

이승에서 산전수전 고생하면서 풍족하게 살지 못해도 자식에게 기본적으로 물려줄 재산을 마련해야 만이 사후에 자식이 정성 들여 준비한 제수 음식으로 좋은 대접을 받을 수 있을 거라고 보았다. 그래서 험난한 인생 여정에 한 푼 두 푼 절약하여 모은 돈을 쓰지 않고 저축하여 저울전을 마련했던 것이다. 사후 세상을 소중하게 생각하는 선조들의 내세 사상이 고스란히 배어있는 관습이 아닌가 싶다.

할아버지께서 돌아가시기 전에 유언을 남겼단다. 바로 탈상을 하지 말고 할머니처럼 1년 동안 삭제를 해달라고. 죽은 후 자손들이 당신의 기일 날 제사 명절을 통해 당신의 영혼을 위로해 주길 염원한 것이다. 할아버지께서도 예로부터 면면히 내려오는 유교의 길을 택한 것이리라.

할아버지 슬하에 아들이 셋이 있지만, 관습상 먼저 세상을 하직한 장남의 맏아들인 장손이 망인의 제사 명절을 맡기로 했다. 상제들이 모여 의논한 끝에 고인의 뜻에 따르기로 하고 할아버지가 통장에 남기고 간 돈을 저울전 명목으로 제사 명절을 맡을 장손에게 주기로 결정했다.

인간은 언젠가 죽는다. 개인적으로 시간의 차이가 있을 뿐. 죽음 앞에 인간은 평등하다. 언젠가 찾아올 죽음, 생명을 조금 연장하고 욕망을 충족하는 현세의 일시적인 삶보다 내세의 영원한 삶을 더 희구했음직도 하다. 이왕 죽을 수밖에 없는 운명을 타고난 이상 목숨을 더 연장하는 데 연연하여 금전을 사용하는 것보다 그 돈을 남겨 자식으로 하여금 사후에 제사 명절로 잘 봉양 받는 것이 하늘나라에서 보다 나은 행복을 얻을 수 있다고 판단한 것은 아닐까.

내가 고인의 입장에 놓여 있다면 과연 어떠한 선택을 했을까. 살아 있는 동안 자신을 위해 돈을 사용할 것인가 아니면 옛 선조들처럼 언젠가 찾아올 내세를 위하여 자식에게 유산을 조금이라도 많이 남기는 쪽을 택할 것인가.

아직도 '저울전'을 남기는 풍습이 정겹게 느껴지는 것을 보면 나도 구시대 사람임이 분명하다.

고정관념

　며칠 전부터 승용차의 기어가 순순히 말을 듣지 않았다. 기어오일이 부족한 탓이 아닐까 싶었다. 그러나 운행에는 별 지장이 없는 것 같아 수리를 차일피일 미루었다.

　급기야 시내 운행 도중 1단 기어가 말썽을 일으켰다. 빨간 불이 켜져 신호대기상태여서 앞이 막막했다. 내 차 뒤로 여러 대의 차량이 줄을 서 있다. 파란 불이 켜지면 1단 기어를 넣고 곧바로 출발해야만 하는 지체할 수 없는 다급한 상황이다. 차에 이상이 있을 때 바로 수리하지 못한 게 후회스러웠다.

　신호등이 파란 불로 바뀌었다. '이가 없으면 잇몸으로' 라는 말이 퍼뜩 뇌리를 스쳤다. 2단 기어를 넣고 액셀러레이터를 밟으면서 출발을 했다. 우려와는 달리 2단 기어의 출발이 순조롭게 이루어지는 것이 아닌가. 순간의 위기를 모면하자 나도 모르게 안도의 한숨을 내쉬었다.

곧장 카 클리닉으로 차를 몰았다. 직원은 담담한 표정으로 경유 차량은 2단 기어로도 출발할 수 있다고 했다. 긴장된 마음이 슬그머니 사라졌다. 당장 급한 불은 껐으니 여러 정비업체에 물어본 후 1단 기어의 작동을 고치는 것도 늦지 않을 테고 차 수리를 성급하게 맡길 이유도 없었다.

운전학원에서 실습할 때 보통1종은 1단 기어를 놓은 상태에서 출발해야 된다고 배웠다. 지금까지 그 원칙을 곧이곧대로 이행했다. 2단 기어로 출발할 수 있다는 사실은 까맣게 모른 채. 이번 일을 겪고서야 비로소 디젤엔진의 승용차는 2단 출발도 가능하다는 것을 알게 되었으니 정말 답답한 노릇이다. 내가 알고 있는 틀에 갇혀 있었기 때문이 아닐까 싶다.

아내는 술을 싫어하지 않지만, 밥을 먹고 난 다음에는 입에도 대지 않는다. 배가 부르면 술맛이 없다는 게 그 이유이다. 그래서 아내랑 집에서 오붓하게 술을 마셔 본 적이 별로 없다. 위가 비어 있는 상태에서 술을 마셔야 된다는 아내의 고정관념과 식후에 마셔도 괜찮다고 우기는 고지식한 내 성격이 부딪쳐 부부만의 오붓한 시간을 만드는 데 걸림돌이 되지 않았나 싶다.

나는 술을 많이 마시지 못한다. 소주는 독해서 꺼리고 순한 청하 한 병 정도 소화하는 주량이다. 그러나 술을 마시면서 흉금을 털어 놓고 진솔하게 주고받는 대화의 분위기는 즐기는 편이다.

저녁 식사 후 만복감이 가시자 아내에게 술을 마시자고 한 적이 있었다. 아내는 방금 밥 먹었는데 무슨 술이냐며 냉정하게 거절했 다. 그때 서운한 기분이 내내 가슴속에 맴돌아서 그 후로는 집에서 술 마시고 싶은 마음이 싹 사라졌다.

배가 가득차면 술맛이 없는 건 맞는 말이다. 저녁 식사 후 술을 마 시지 않는 습관은 건강에 도움이 되었을 것이다. 하지만 부부간의 갈등이 생겼을 때 진솔한 대화가 없으면 문제 해결에 적잖은 시간이 걸린다. 대화의 매개체로 술만큼 좋은 게 또 있으랴.

어떤 사람들은 반주를 즐긴다. 밥을 먹으면서 술을 마시면 속이 편해서 좋다는 것이다. 그분들과 어울려 식사 중에 술을 마신 적이 있었다. 빨리 취하지 않고 서너 잔 마시니까 은근히 술기운이 올라 와 기분이 좋았다. 술에 약한 나 자신으로서는 반주와 궁합이 맞는 다.

위장이 비어 있을 때 술을 마시면 짜릿하고 취기가 바로 생긴다. 취하기 위하여 술을 마시는 술꾼에겐 뭐니 뭐니 해도 빈속에 술을 마셔야 제격인지도 모른다.

자기가 좋다고 생각하는 것이나 자신에게 길들여진 방법만을 고집하는 자체가 고정관념이라는 함정이다. 고정관념에 사로잡히면 넓은 세상이 보이지 않는다. 당연히 새로운 세계에 대한 도전도 쉽게 포기해 버린다. 종전 그대로의 방식이 그냥 편하니까 새로운 일을 벌여놓는 게 귀찮고 두려워 우물 안 개구리처럼 현실에 안주하는 건 아닐는지. 고정관념은 자칫 자기 독선을 부르고 결국 다양한 체험의 기회를 잃어버리는 것이다.

내가 좋아하는 방식을 강요해서는 안 되고, 내가 싫어도 상대방이 원한다면 무시하지 말고 호응해줄 수 있어야 인간관계가 원활하고 부드러워진다. 사람 사이에 아량과 여유가 강물처럼 흘러야 한다.

4...

비가 오는 날이라든가, 하늘에 구름 한 점 없는 날,
괜히 마음이 울적한 날 불현듯 친구를 만나 얘기를
나누고 싶을 때가 있다.
사람이 그리운 날, 누군가를 만나고 싶다.

눈먼 사랑

내가 근무하는 아파트 관리사무소는 2층의 아담한 사무실이다. 2층 바닥면적의 3분의 1만 사무실이고 나머지는 옥상으로 이루어져 있다. 사무실 유리 창문을 열면 넓은 옥상이 시원스레 반기고 건물 주변은 키가 큰 아름드리 나무가 울창하다. 나뭇잎 속에 숨어서 지저귀는 새 소리가 우울했던 기분을 씻어준다. 목마른 새들이 피곤하거나 갈증을 느낄 때 목을 축일 수 있도록 옥상 바닥에 대야를 갖다 놓고 새들이 마실 물을 채워준다.

사무실은 사방이 유리창으로 둘러싸여 콘크리트 벽이 차지하는 부분이 적은 편이다. 가끔 공중인 줄 알고 날아가던 새들이 유리창에 부딪힌다. 유리창에 부딪힌 새들은 충돌한 순간 실신하지만 정신을 차리면 다시 하늘로 포르르 날아가곤 한다.

새들의 충돌사고가 발생하지 않게 일부러 유리창 청소를 하지 않는다. 유리창이 티 없이 깨끗하면 새들이 투명한 유리창을 공중으로 착각하기 때문이다. 내막을 모르는 사람들이 보면 사무실에 근무하는 직원들이 너무 게으른 사람이라고 생각할는지도 모른다.

어느 날 '꿍' 하고 부딪히는 소리가 연달아 두 번 들렸다. 깜짝 놀라 창문을 후딱 열고 옥상으로 뛰쳐나갔다. 직박구리 두 마리가 옥상 바닥에 떨어져 있었다. 머리 부분이 유리창에 너무 강하게 부딪혀 뇌진탕으로 급사한 것 같다. 직박구리 한 쌍의 처참한 죽음이 측은했다.

왜 과속 페달을 밟았을까? 서로 사랑을 진하게 나누다가 변을 당한 모양이다. 정열적인 사랑이 죽음을 불러온 거야. 사랑에 빠지면 죽음에 대한 두려움도 사라지는 건가. 달콤한 희열에 몰입해 버리면 주위 상황이나 여건은 아랑곳하지 않는다. 불속에 뛰어드는 불나비처럼 물불을 가리지 않는 불꽃같은 열정은 사랑에서만 쏟아져 나오는 것이니까.

정열적인 사랑을 하면 앞뒤도 보이지 않을 만큼 눈이 멀기도 한다. 이성보다는 감성이 앞서고 현실보다는 꿈에 몰입되는 것이 에로스 사랑인 듯하다. 사랑은 가슴 속 한 구석에 감춰놓은 불씨라는 생각이 든다, 사랑할 때만 꺼내어 아낌없이 태우기 위한.

누군가를 만나고 싶을 때

가끔 친구의 전화가 걸려온다.

"오늘 저녁에 시간이 있나?"

갑작스러운 제의에 거절할 때가 간혹 있다.

"미안해. 오늘 선약이 있어."

사전에 약속하지 않고 느닷없이 만나자고 하면 다른 약속 때문에 거절하게 된다. 가는 날이 장날이라고 마침 다른 행사가 있거나 몸 상태가 안 좋을 경우도 있다. 거절했을 땐 무거운 짐을 등에 얹은 듯 마음에 그늘이 생긴다.

친구도 서운했는지 한동안 연락이 뜸하다. 모처럼 제의에 거절당해 섭섭하고 기분이 좋지 않은 듯하다.

'왜 나만 자꾸 연락하는 거야. 적어도 두 번 전화하면 한 번쯤은 답례전화를 줘야 맞는 게 아니야? 나에겐 관심이 적은가 보다. 서로 마음이 오고가야 진짜 애정이고 우정이지, 한쪽에서만 계속 짝사랑할 수는 없는 거야.'

성질이 급한 친구는 자존심이 상해 이렇게 투덜거릴지도 모른다. 이럴 때 방법을 바꿔 시도해 보면 좋을 성싶다.

마음이 동할 때 즉흥적으로 제의하지 말고 상대가 원하는 날에 만나자고 하면 문제를 수월하게 풀 수도 있다. 상대방의 입장을 고려하여 배려해 주는 것이다. 이러면 인간관계도 원활하게 유지할 수 있다고 본다.

나도 친구가 연락이 오면 선약이 없는 한 웬만하면 응해야 된다고 생각한다. 모처럼 제의가 왔을 때 거절하면 서운하기 마련이다. 가끔은 내키지 않아도 상대가 원하는 대로 따라주면 더 가까워지기도 할 것이다. 만날 수 없는 상황이라면 여유를 두고 시간을 맞춰 보는 것도 좋은 방법이다.

"주말 저녁으로 미루는 건 어떨까?"

친구도 너그러이 못 이긴 척 받아줄지도 모른다.

하지만, 계획에 의해서만 행동하기가 어려울 때도 생긴다. 상대에게 미리 연락하여 약속을 하는 것이 합리적이라는 사실을 알면서도 원칙대로만 되지 않는 경우가 있다.

비가 오는 날이라든가, 하늘에 구름 한 점 없는 날, 또는 괜히 마음이 울적한 날 불현듯 친구를 만나 얘기를 나누고 싶을 때가 있다. 누군가 만나지 않으면 안 될 것 같은 감정이 울컥 치밀어 오른다. 자기중심적이고 즉흥적인 어린아이들처럼 말이다. 사람이 그리운 날 누군가에게 전화를 했는데 그가 거절하면 울적하고 허전해질 것 같다. 창밖에 봄비가 추적추적 내리고 있다. 누군가를 만나고 싶다.

버리고 비우기

　퇴근하고 고근산 산책 후 저녁 식사를 하는 것이 일상의 일과이다. 운동을 먼저 하고 식사를 하는 규칙을 고수한 지 꽤 많은 세월이 흘렀다. 운동을 하고 나면 식욕이 좋아 많이 먹게 된다. 그리고 후식으로 과일을 챙겨 먹는다.

　요전 날 퇴근하여 집에 돌아오니 은근히 허기졌다. 삶은 달걀 한 개와 떡 두 조각을 먹고 집을 나섰다. 산책을 마치고 집에 돌아오니 때마침 아내가 오랜만에 족발을 사온 것이 아닌가. 갑작스러운 족발의 출현은 왕성한 식욕의 통제기능을 마비시켜버렸다. 토실토실한 족발을 상추쌈에 싸서 배불리 먹었다. 배가 더부룩한데도 여느 때처럼 후식으로 과일 먹는 것을 거르지 않았다.

한밤중에 문제가 터지고 말았다. 속이 쓰리고 아프기 시작한 것이다. 침대에서 일어나 재빨리 화장실로 갔다. 설사 후에도 여전히 뱃속이 거북하기만 했다. 속이 안 좋을 때는 토해버리는 게 위장의 부담을 줄이는 방법이다. 목에 손가락을 집어넣고 목젖을 건드려 토해냈다. 토하고 나서 침대에 누워 있어도 속이 시원하지 않아서 화장실을 두 차례나 더 갔다.

하룻밤을 자고 나서도 망가진 몸의 기력이 회복될 기미가 전혀 보이지 않는다. 호시탐탐 기회를 노리던 얄궂은 불청객이 몸이 쇠약한 틈을 타 잽싸게 내 몸을 방문했다. 10년 동안 걸려본 적이 없었던 감기 손님이다. '10년 동안 감기에 걸려본 적이 거의 없었어요.' 라고 감기 걸린 사람들에게 자랑삼아 건넸던 말이 이젠 무색해지고 만 것이다.

작전에 실패한 장수처럼 과식한 게 후회막급이었다. 나이도 생각하여 항상 조심하고 욕구를 다스려 절제할 줄 알아야 어른이다. 철부지 어린애처럼 식욕을 통제하지 못해 배탈이 났으니, 자신의 행동이 너무 철이 없다는 생각마저 들었다.

남들과 어울려 술이라도 실컷 마셔 배탈이 났다면 친밀한 인간관계를 다진 보람이라도 있지, 이건 혼자 과식해서 탈이 났으니 어디 하소연할 데도 없고 득이라곤 아무것도 없는 게 아닌가. 나 자신의 건강에 대한 과신, 교만으로 인한 식탐이 부른 화라고 생각한다. 이미 저질러진 일 이제 와서 후회해야 소용이 없는 것이고, 앞으로 소식하는 습관을 들여야만 한다.

신체가 정상일 때에는 건강이 얼마나 소중한 건지 모르고 산다. 건강을 과신한 나머지 자만에 빠지기 십상이다. 몸에 이상이 생기면 그때야 비로소 건강의 필요성을 절감하게 된다. 자기 자신이 그동안 건강관리에 소홀한 점을 반성하고 앞으론 좀 더 신경을 써야 되겠다는 마음을 갖게 된다.

한 번 처절하게 아파 봐야 건강의 필요성을 절감하게 되니 사후약방문인 셈이다. 질병이 찾아오기 전에 미리 건강관리를 철저히 해야 지혜로운 행동이 될 텐데, 아파 보지 않고서는 건강의 중요성을 스스로 인식하지 못하니 이게 바로 갑남을녀의 한계인지도 모른다.

고교시절 위장병을 앓아 고생한 적이 있었다. 어머니는 아들의 위장병을 낫게 하고 쇠약한 몸을 보신시키려고 엿을 만들어 단지에 담아 두었다. 찐득찐득하고 달콤한 엿이었다. 매끼 한 숟갈만 떠먹어야 효험이 생기는 보약이었다. 어느 날 단지에 담아놓은 엿을 한 숟갈 떠먹었다. 너무 맛이 좋았다. 더 먹고 싶은 욕구가 생겼다. 한 숟갈을 더 떠먹었다. 그러다 보니 일시에 네다섯 숟갈 떠먹은 것 같다. 먹고 싶은 욕구를 스스로 통제하지 못하고, 결국 배탈이 나서 모진 고생을 했다.

젊었을 때 위장병을 앓아본 적이 있어 건강의 중요성을 누구보다 소중하게 인식하고 있으면서도 순간의 식탐에 눈이 어두워 자기 자신을 통제하지 못한 나 자신이 정말 답답하고 지혜와는 동떨어진 사람이 아닌가 싶은 생각마저 들었다.

식욕은 인간의 기본적인 욕구로 인간의 삶 자체가 먹는 행위의 연속이다. 먹는 즐거움의 행복을 어디에 비교할 수 있으랴. 인간의 삶 자체가 먹기 위해 사는 건지도 모른다.

하지만 저녁에 배가 부르면 무슨 일을 해도 능률이 오르지 않는다. 만복감이 생기면 꼼짝하기 싫고 졸음이 스르르 밀려온다. 소중한 시간을 활용하지 못하고 허송세월하기 쉽다. 식욕을 통제하여 적게 먹으면 먹는 즐거움은 감소할지 모르나, 정신이 맑아지고 독서나 명상으로 시간을 유익하게 사용할 수 있는 것 같다.

이번 배탈은 건강에 대한 교만과 많이 먹는 식생활습관에 대해 경종을 울린 사건이다. 이번 일을 계기로 겸허한 마음을 늘 가슴에 담고, 어떤 상황에 놓여 있더라도 스스로 절제해야지. 잔잔한 호수같은 평상심 하나 가슴에 놓이기를 기다린다.

머물고 싶은 자리

　차를 몰고 산록도로를 달린다. 햇살을 머금은 초하의 산야가 한 폭의 그림처럼 아름답고 싱그럽다. 하늘과 맞닿은 바다도 푸르게 반짝거린다. 액셀러레이터에 힘을 가한다. 열린 창문 틈으로 스며든 싱싱한 바람이 뺨을 스치고, 답답했던 가슴도 온데간데없이 사라진다.

　제주의 산록도로는 해발 수백 미터 높이의 산간에 일직선으로 난 왕복 2차선 길이다. 해안선에서 멀찌감치 떨어져 한라산 기슭에 놓여 있다. 제주섬을 둘러싼 해안선, 새파란 수평선, 구름이 맴도는 하늘 풍경들을 한눈에 내려다볼 수 있어서 드라이브하기엔 안성맞춤인 도로이다.

　며칠 전 승용차로 산록도로를 질주했었다. 창밖으로 펼쳐지는 초여름의 풍경에 마음을 빼앗겨버렸다. 차를 길가에 멈추고 쉬고 싶었다. 하지만, 차를 잠시 세울 공간이 보이지 않았다. 녹음이 짙어가는 유월의 대자연을 감상할 기회를 놓치고 집으로 오는데 서운한 마음이 내내 가시지 않았다.

　제주섬은 도로의 왕국이다. 거미줄 같은 도로망이 섬 전역에 연결되어 있다. 매년 늘어나는 것이 도로 확장과 새 도로 건설이다. 그 외에 골프장 건설, 관광지 개발 등으로 매년 우도 면적만큼의 숲이 사라지고 있다는 소식을 접했을 때 걱정이 앞섰다.

　해군기지의 건설은 평화의 섬에 군사기지가 들어선다고 반대의 목소리가 거세어도, 유독 도로 건설에 대해서만은 반대하는 사람이 별로 없는 듯 찬성 일색의 분위기이다. 지자체와 토지주의 이해관계가 맞아떨어지기 때문일까. 지자체는 실적이 올라가서 신이 나고, 토지 소유자는 땅값이 상승하니까 무조건 호응하는지도 모른다.

　물론 교통의 원활한 소통을 위해선 기본적인 도로의 건설은 불가피하다. 하지만 제주의 어느 지역이든 한 시간 이내로 못 갈 데가 거의 없을 정도이다. 곳곳에 도로가 중복되거나 포화상태로 이제 더는 길을 내지 않아도 충분하다.

　무분별한 도로의 신설과 난개발로 제주의 아름다운 자연이 수난을 당한다. 산야는 날이 갈수록 점점 옛 모습을 잃어만 가고 생태계의 환경도 급격히 변하고 있다. 서울이나 부산 대도시와 별 차이가 없어지고 제주다운 멋이 점점 사라지고 있는 현실이 안타깝기만 하다.

이제 환경 보존에 관심을 쏟지 않으면 제주만이 가질 수 있는 차별화된 청정 이미지를 잃어버리게 된다. 물론 관광지로서의 기본적인 개발은 불가피하겠지만 장기적인 비전과 안목으로 계획을 수립하고 될 수 있으면 친환경적으로 개발하여 자연을 보호해야 한다.

원형 그대로의 자연을 보전하는 것보다 제주의 미래가치를 높일 수 있는 방법은 없다고 본다. 훼손되지 않은 자연 그 자체가 다가올 미래엔 최고의 경쟁력으로 부상할 수가 있다.

그런데도 현실은 정반대의 방향으로만 치닫는다. 자연 그대로의 모습으로 그냥 가만히 놔두면 안 되는 것일까. 밀어내고 파헤치고 깎고 잘라내야 직성이 풀리는 것인지. 행정당국은 스쳐 지나가는 도로 만들기에만 투자를 하고 있는 것이다. 이러다가 결국 제주 전역이 도로망으로 도배되어 장래에 누더기를 걸친 신세로 전락하는 건 아닌지 두려움이 앞선다.

정말 우리에게 필요한 것은 조용히 감상하고, 사색하며 대화할 수 있는 '머물고 싶은 자리' 이다.

나태한 마음

농약살포용 특수관의 설치 상태를 직접 눈으로 확인해 보고 싶었다. 농약을 살포할 때마다 줄을 잡아주는 어머니의 노고 없이도 혼자 농약을 뿌리는 데 지장이 없어야만 한다. 특수관을 설치하고 사방에 농약줄을 연결하여 배치하면 농약을 혼자서도 살포할 수 있단다. 백문이 불여일견이라 현장을 답사해 봐야 감이 잡혀 마음이 놓일 것 같았다.

해마다 고품질 감귤을 생산하여 고수익을 올리는 전업농사꾼을 따라 남원에 있는 과수원으로 갔다. 밭에 도착하여 안내를 받고 직접 특수관 설치 상태를 꼼꼼히 확인했다. 분무기에서 연결하는 부분, 특수관에서 나눠지는 지점, 농약줄과 특수관의 연결 지점을 카메라에 담았다.

관의 연결 상태가 생각보다 단순했다. 처음엔 복잡하고 어려울 것 같아도 막상 일을 추진하게 되면 단순해지고 쉽게 여겨지는 것일까. 그동안 차일피일 현장답사를 미뤄왔던 게 후회되었다.

귀향하여 농사를 지은 지도 벌써 10년이란 세월이 훌쩍 지나갔다. 직장 근무로 농사일은 부모님께 의지하고, 농약살포는 놉(품꾼)에게 맡겼다. 긴 농약줄이 나무에 걸려 일이 순조롭지 않아 아버지는 농약 통에서 농약을 희석하고 어머니는 줄이 나무에 걸리지 않도록 잡아주는 일을 맡으셨다. 물려받은 과수원 일을 직접 하지 못하고 팔순을 넘긴 부모님께 의존하여 감귤농사를 짓고 있는 셈이다.

작년 어머니께서 지병이 악화되어 병원에 입원했었다. 건강이 좋지 않으신데도 감귤 따는 일을 도와주지 못해 걱정하셨다. 농사짓는 일이 당신의 삶 자체인 분이시다. 편찮은 몸으로도 농사일을 걱정하시는 어머니의 수척해진 모습을 대하니 가슴 한쪽이 쓰려왔다.

그동안 농사일이 어머니께 소일거리를 만들어 주어 건강에도 도움이 된다고 믿었다. 이제 어머니께 농약 호스를 잡아주는 일을 맡겨서는 안 되겠다는 생각이 파도처럼 밀려왔다.

자극을 받아야만 번쩍 정신이 들어 현상 안주의 틀에서 벗어나려고 시도하게 되는가 보다. 환경이 바뀌면 자기 자신도 변화하고 신속한 대응을 취하는 게 지혜로운 행동이 될 터이다. 농약살포의 일손을 줄이는 작업을 빠른 시일 내 시행하기로 결심했다.

시청에서 발급한 밴돌 과수원의 지적도를 펼쳤다. 농약살포용 특수관 설치의 위치를 정하고 연필로 선을 그었다. 특수관 설치의 선이 한자로 '공工'의 모양이 되었다. 글자 상단과 하단의 좌우 끄트머리에 농약줄을 이으면 된다. 줄자를 준비하여 '공' 선의 길이를 현장에서 실측하고 특수관의 길이를 도면에 기록하였다. 농약 줄을 잇는 부분과 길이도 표시했다.

머릿속으로 생각하는 것은 한계가 있다. 좌우에 특수관과 농약 줄의 연결 부분을 도면에 구체적으로 표시하니까 윤곽이 뚜렷이 잡혔다. 누구나 알아볼 수 있는 평면 도면이 그려졌다. 집을 짓는데도 설계도면이 필요하듯이 농약살포 설비의 시공에도 도면으로 상세하게 표시하는 게 필수적이란 생각이 들었다. 단순한 생각을 정리하여 구체화시키고 도면을 그려보는 일이 작업 효율을 높이고 견실한 시공을 위해서 필요함을 실감하였다.

농협 자재센터를 방문하여 직원에게 도면을 보여주었다. 특수관 설치에 필요한 재료의 수량을 도면에 묵묵히 적어주는 직원의 성의가 무척 고마웠다. 며칠 후 설비업자에게 도면을 건네주고 작업을 맡겨 농약살포의 인력절감 작업을 완성하게 된 것이다.

마음만 먹으면 못할 일이 없다. 별로 어렵지도 않은 단순한 것을 지금까지 미룬 자신의 나태한 마음이 미워졌다. 부모님께 의지만 할 줄 알았지 부모님의 일손을 덜어 드리는 일엔 관심의 눈길을 주지 못한 채 허송세월을 보낸 것 같다.

그동안 새로운 시도나 도전을 꺼렸다. 현상에 안주하여 변화를 싫어했다. 내가 너무 무심하고 게으른 탓이다. 자극을 받았으니 이제 나태에서 과감히 탈출해야 한다. 도전과 변화를 추구하려면 고통과 시련이 수반되기 마련이다. 그러나 목표가 달성되면 가슴 뿌듯한 성취와 기쁨이 가슴속에 밀려오리라 믿는다.

타성에서 벗어나 새로운 일에 도전해야 한다. 미지의 세계에 대한 도전은 우리의 삶을 보다 윤택하게 하리라 믿는다. 날씨가 좋으면 어머니의 도움 없이 특수관 농약살포를 시험 가동할 생각이다.

시간을 멈출 수 있다면

월요일인가 싶으면 금세 주말이다. 일주일이 쏜살같이 지나간다. 물론 나이가 들수록 시간의 흐름이 빠르다고 말하지만, 무심한 세월이 달리는 말처럼 후딱 흘러간다.

특별히 성취한 일도 없이 자꾸 나이만 한 살 두 살 늘어가니 사는 게 허망하다는 생각이 고개를 내밀기도 한다. 여태껏 성취한 일이 무엇이고, 나 자신이 과연 어디를 향해 가고 있는 것인가 자문해 본다.

시간이 빨리 흐른다는 생각이 자꾸 드는 이유가 어디에 있을까. 매일 출근하는 직장이 있어 무료하지 않아서일까. 평생 봉급쟁이로 반복적이고 규칙적인 생활이 몸에 밴 인생이다. 지금 일터는 보수는 적지만 시간적인 여유가 있어 자기계발을 하기엔 안성맞춤이다. 안정되고 만족스러운 환경 여건이 시간의 흐름을 빠르게 인식하게 하는 요인일 수도 있다.

주말이면 배낭을 메고 오름에 오른다. 산에 오르는 것이 유일한 낙이다. 산에 오르면 일주일 동안 쌓였던 스트레스가 풀리고 기분이 상쾌해진다. 산에 오르지 않은 휴일은 심신이 개운치 않을 정도로 산의 매력에 빠져버린 것 같다. 좋아하는 것에 심취하는 성격도 시간이 너무 빨리 흐른다는 느낌을 부채질하는 게 아닌가 싶다.

뭍에서 제주섬에 내려온 지 어느덧 십 년이란 세월이 흘렀다. 이삿짐을 트럭에 싣고 액셀 차를 타고 귀향한 지가 엊그제 같은데 어느새 불혹에서 지천명으로 바뀌었다.

시간의 흐름을 멈추게 하고 싶다. 녹음기의 일시 정지 버튼처럼 시간의 흐름을 정지시킬 수만 있다면 얼마나 좋을까. 삶이 지겹거나 쉬고 싶을 때에 한 십 년쯤 시간을 멈추게 했으면 좋겠다.

개구리의 동면처럼 깊은 잠에 빠지는 상상을 해본다. 잠을 자는 동안 시간의 흐름은 완전히 멈춰지고 몸의 노화도 전혀 진행되지 않는다고 가정해 보는 거다. 내가 직장을 그만두고 계속 수면상태에 있으면 남아 있는 가족의 생계는 아내 몫이다. 아내는 남편 없이 홀로 삶의 무거운 짐을 어깨에 짊어져야만 한다.

십 년 후에 잠에서 깨어 사회에 나와도 문제가 생긴다. 십 년이나

연상의 아내와 살게 되고 자신의 실제 나이보다 열 살 밑의 사람들
과 동년배가 될 것이기 때문이다.

직장도 새로 구해야 하고 새로운 사회 환경에 적응해야만 한다.
하루가 다르게 변화의 물결에 출렁이는 세상에서 가치관이나 사고
방식이 전혀 다른 세대와 어울려 살아야 한다. 그러면 가치관이나
세대 차로 갈등이 생겨 종종 방황할 것 같다. 시간을 정지시키면 젊
음을 오래 유지하는 이득 못지않게 골치 아픈 여러 문제가 발생하는
현실에 직면할지도 모른다.

삶은 언젠가 끝이 있게 마련이다. 아무리 의학이 발달하고 시간을
멈추게 하는 방법이 생긴다 해도 유한한 것이 인생이다.

한 번뿐인 삶의 여정에서 아름다운 결실을 맺기 위해서는 주어진
시간을 보람 있고 알차게 보내야 한다. 그러한 삶이야말로 시간이
정지된 것처럼 젊게 사는 비결이 아닐까.

쓰라린 이별

　오름 동호회을 떠나야 할 시점이 나한테도 찾아오고야 말았다. 1년 동안 동고동락하며 정이 들었던 모임이다. 회원들의 대부분이 빠져 나와 버려 사실상 동호회 조직은 와해된 상태나 진배없다. 많은 회원들이 떠나는 흐름에 나도 합류하기로 마음을 굳혔다.

　동호회 이름도 바꿔버리고, 이제 그대로 남아 있는 의미 자체가 사라져버렸다. 1년 동안 나에게 잔잔한 삶의 즐거움을 주었던 조직에서 이탈하는 것 자체가 가슴이 쓰리고 괴로운 일이다. 무겁고 허탈한 마음으로 오름 동호회에서 운영하는 카페를 탈퇴했다.

　돌이켜 보면 회장의 처신, 회장과 회원 간의 언로 장애, 회장의 독선적인 운영이 한 조직의 해체라는 사태로까지 몰고 간 게 아닌가 싶다. 조직에서 리더의 역할이 얼마나 중요한 것인가를 생생하게 체험했다.

열 명 이상 모이면 조직으로 볼 수 있다. 조직 단체의 운영도 나라를 다스리는 기본 이치나 비슷하지 않을까 싶다. 개인과는 달리 여러 사람이 모인 집단이기 때문에 공사를 구분하고 조직 관리를 원만히 수행해야 회원 간에 화합하고 조직이 발전할 터이다.

조직원들과 마찰 없이 목적을 달성해야 유능한 리더이다. 중요한 결정사항은 임원들과 항상 의논하여 집행하고 좋은 의견은 겸허히 수용할 줄 아는 것이 구성원 간의 갈등을 줄여 조직을 활성화할 수 있는 길이다. 조직 책임자의 역할과 직무수행능력에 따라 조직의 흥망성쇠가 달려 있다고 해도 과언이 아닐 만큼 리더의 책무가 막중하다.

이탈한 회원들이 모여 새로운 동호회 조직을 만들고 온라인상에서 접속할 수 있는 카페도 만들었다. 새로 조직된 동호회의 카페에 가입해 놓고 그 전에 활동하던 동호회 카페를 들랑거리는 것이 양다리를 걸친 것 같아 기존 동호회 카페에서 자진 탈퇴했다.

회장과의 개인적인 관계를 생각하면 기존 오름 동호회에서 떠나는 것이 마음에 걸렸다. 리더로서의 의무를 다하지 못한 회장의 행위도 문제가 있지만, 그분의 입장에서는 내가 탈퇴하는 것을 배신행위로 여길 것이다.

나를 포함한 기존회원들이 일시에 떠나가 버리는 모습을 보면서 오름 동호회 회장의 마음은 어떠했을까. 아마 밤새 뜬눈으로 지새울 만큼 쓰린 마음의 상처로 괴로워했을지도 모른다. 인간적으로 정말 애처롭고 안쓰러운 일이다.

카페를 탈퇴하기 전에 미안하다는 쪽지라도 남겨 놓고 떠나야 옳은 것일까. 이왕 떠나는 마당에 말없이 사라지는 것이 나을 것인가. 그냥 떠나려니 그동안의 정을 생각하면 너무 매몰찬 게 아닌가 싶은 생각이 들었다. 망설이다 말없이 카페를 탈퇴했다. 떠날 사람이 구차한 변명을 늘어놓는 것이 내키지 않아서이다.

며칠 후 전 동호회 회장의 전화가 걸려왔다. 미안한 마음에 바로 전화를 받을 용기가 나지 않았다. 아마도 그분은 내가 예고도 없이 갑자기 카페를 탈퇴해서 전화를 걸었을 게다.

전화를 받지 않자 회장은 얼마나 마음이 아팠을까. 그분의 입장에서는 믿었던 사람한테서 배신을 당했다는 생각에 가슴이 미어지는 아픔을 겪었을지도 모를 일이다.

그분에게 문자 메지지를 보냈다.

"말없이 탈퇴해서 미안합니다. 비록 그 조직을 떠났지만 동호회의 발전을 진심으로 기원할게요."

다음날 답장 메시지가 떴다.

"그동안 고마웠습니다. 새 오름 모임에서 산행을 열심히 하시길

바랍니다. 항상 건강하세요.”

　내가 그분의 처지가 된다면 나 역시 가슴 저미는 아픔으로 긴 밤을 지새웠을지도 모른다. 하나를 선택한 분기점에서 다른 하나를 잃어버리는 상실감으로 가슴 한끝이 저려왔다.

얼굴 가꾸기

　명함판 사진이 필요하여 사진관을 노크했다. 자연스럽게 웃는 표
정으로 사진이 나오도록 주문했다. 사진사는 내 얼굴을 카메라로 여
러 번 찍고 컴퓨터에 연결하자 모니터의 화면에 금방 촬영한 얼굴
화상이 여러 개 나왔다. 그 중 마음에 드는 것을 고르라고 하였다.
유심히 쳐다보고 마음에 드는 얼굴의 영상을 서너 개 가려냈다. 사
진사 아저씨는 선택된 영상에 드러난 얼굴의 점과 이마와 눈가의 주
름까지 포토샵으로 깔끔히 제거해주었다. 컴퓨터로 얼굴을 깨끗하
게 화장해준 셈이다.

　예전엔 사진관에서 찍은 사진을 찾을 때마다 사진 속의 내 얼굴이
불만스러워 속상하곤 했었다. 실제보다 미화된 자기 이미지를 갖고

있어서인지 카메라로 찍힌 모습이 영 맘에 들지 않았기 때문이다. 그런데 이번엔 마음에 들어 흐뭇했다. 포토샵 작업이 끝나자 내 얼굴은 앳된 소년처럼 젊게 보였다. 돈만 있으면 사진도 주문대로 젊고 아름답게 고칠 수 있으니 참 편리한 세상에 살고 있다는 생각이 들었다.

사진의 얼굴로는 실제 나이를 짐작할 수 없는 세상이 되어 버렸다. 사진의 얼굴이 현재의 얼굴일 거라 생각하면 착각일 수도 있다. 컴퓨터가 세상을 요지경으로 바꾸고 있는 것만 같다. 사진으로 내 얼굴을 본 타인이 우연한 기회에 실물의 나를 본다면 훨씬 나이 먹은 내 모습에 실망하거나 속은 느낌이 들지도 모를 일이다.

보험회사에 근무할 때였다. 어느 날 모 팀장이 패션모델처럼 화려한 정장차림의 신인을 데리고 출근하였다. 영업소의 분위기가 확 달라졌다. 그런데 어느 날부터인가 그 신인이 결근이 잦아서 팀장과 함께 가정방문을 했다.

그녀는 화장을 하지 못한 채 우리를 맞이하였다. 화장독의 영향인지 그녀의 얼굴은 거칠고 주름투성이였다. '아니, 이럴 수가 있을까!' 영업소에 나왔을 때의 모습과는 얼굴이 아주 딴판이었다. 너무나 달라진 모습에 놀랐다.

화장의 위력을 실감한 순간이었다. 화장한 얼굴과 하지 않은 얼굴이 이렇게 차이가 난다는 사실을 그때 처음 알았다. 흠이 많은 얼굴

을 진하고 두터운 화장으로 한 점의 티도 보이지 않게 감쪽같이 둔 갑시킬 수 있으니까 말이다. '화장발에 속지 말라' 는 속어가 떠올라 배시시 웃음이 나왔다. 여성들이 얼굴 화장으로 많은 시간과 노력을 들이는 이유를 알 만하다.

요즘은 성형수술도 유행의 물결을 타고 출렁거리고 있다. 화장은 흠이 있는 부분을 일시적으로 감추어 아름다움을 연출하는 것이지만, 성형수술은 근본적으로 얼굴이나 몸매를 예쁘게 바꿀 수 있기에 더 매력을 느낄 것이다. 〈사랑과 영혼〉의 주연으로 유명해진 미국의 여배우 '데미 무어' 도 수억 원을 들여 성형수술을 하고, 연하의 애인과 교제한다는 소식이다.

국내 인기연예인들도 성형수술 후 변모된 얼굴로 브라운관에 나온 모습을 종종 본다. 매스컴의 영향인지 젊은 여학생들까지 가세하여 방학기간에 쌍꺼풀이나 코 성형수술 붐이 번지고 있다. 얼굴이나 몸매를 젊고 아름답게 바꾸는 게 어렵지 않은 좋은 세상, 젊고 아름답게 보이고 싶은 욕망이 존재하는 한 성형의 열풍은 쉬 사그라지지 않을 듯하다.

텔레비전 화면에 나온 성형수술한 연예인 얼굴이 예전만큼 곱지 못한 것만 같다. 변조된 얼굴에서 예전의 자연스럽고 풋풋한 인상이 사라져버렸다. 그냥 그대로 두면 좋았을 걸, 인위적으로 개조하여 타고난 개성의 아름다움을 잃어버리는 걸까.

남녀노소를 막론하고 자기 자신의 외형이 미남·미녀이기를 바란다. 그래서 수많은 사람들이 얼굴 가꾸기에 시간과 비용을 아낌없이 투자한다.

아름다움은 겉모습보다 내면에서 우러나오는 아름다움이 훨씬 더 값지고 매력이 있다. 교양, 개성, 에티켓, 상냥한 미소, 여유, 남에 대한 배려, 감사하는 마음, 선행 등이 화장이나 성형수술보다 훨씬 더 인간을 아름답고 멋지게 가꾸는 요소가 아닐까.

짙은 화장이나 성형수술로 외모의 아름다움만 추구하는 여성에게는 그윽한 향기나 자연스러움은 사라져버리고 천박함만이 흐른다. 반면 내면의 미를 갖춘 여성은 어딘가 모르게 싱그럽고 우아한 멋이 풍겨 나온다. 내면의 아름다움을 가꾸는 게 우선이다.

역지사지

　삶의 자리에서 죽음을 바라보면 지레 숨이 막힐 것 같습니다. 두렵고 허망해지고 회색빛 절망이 밀물처럼 밀려와 가슴을 짓누릅니다.

　하지만 죽음의 자리에서 삶을 바라보면 갑자기 삶이 편안하고 넉넉해집니다. '아름답게 가꾸어야지.' 라는 마음도 생길 것 같습니다. 때론 싫은 것도 좋아하고 미운 것마저도 사랑하게 될 겁니다.

　내 자리에서 상대를 바라보면 못마땅하거나 답답해서 지적할 게 자꾸 보입니다. 상대는 내 기대를 충족시켜주지 못합니다. 내가 원하는 것을 상대가 실천하지 않으면 기분이 상하기도 합니다.

　그동안 쌓였던 생활습관이나 성격을 하루아침에 바로 고치기란 참으로 어렵습니다. 변화되지 않는 상대의 모습을 보면 답답하고 원망스럽고 야속하고 미워지기도 합니다.

부아가 치밀어 오르면 상대에게 궂은소리를 내뱉어 버립니다. 상대는 겸허한 마음으로 자기 잘못을 수용하기보다는 기분이 상하고 마음의 상처까지 받습니다. 결국 보이지 않는 두터운 장벽으로 나뉠 수도 있습니다.

상대의 자리에서 나를 바라보면 자기 자신이 너무 예민하고 조급하다는 사실을 알게 됩니다. 느긋하게 생각하고 상대를 이해하고 배려해야겠다는 마음이 솟아오릅니다. 네 입장에서는 그럴 수도 있으려니 혹은 나도 너처럼 행동할 때도 적지 않는데 너한테만 항상 올바른 행동을 요구해서야 될 것인가, 인내와 관용으로 포용하려는 마음이 다가옵니다.

보기에 성가시고 답답하게 보여도 시간이 흐르면 스스로 깨우쳐 문제를 해결할 수 있을 거라 여기게 됩니다. 묵묵히 참고 너그러이 이해하고 지나가면 서서히 무난해질 거라 믿습니다.

성인이라면 자기가 선택한 일에 당연히 책임을 질 줄 알아야 합니다. 충고해도 상대가 받아들이지 않으면 소용이 없는 일입니다. 때론 속내를 드러내지 말고 그냥 지나칠 줄도 아는 인내가 필요합니다.

격앙되고 과민하고 직선적인 성격은 인간관계에서 종종 문제를 일으킵니다. 차분하고 느긋한 마음으로 상대가 변화하길 바라기 전에 내가 먼저 바뀌려는 자세가 필요합니다.

우리는 누구나 자기 입장에서만 생각하고 접근하려고 합니다. 인간은 이기적이어서 내가 원하는 것을 상대가 바로 수용해 주지 않으면 기분이 상하고 언짢아지기도 합니다. 자기 자신이 잘못한 것은 생각지도 않고.

한 발자국씩 물러나 상대의 처지에서 생각해보고 타당하면 수용해 주는 것이 바람직합니다. 서로 간에 발생한 문제나 갈등을 순탄하게 해결할 수 있는 방법이 아닐까 싶습니다. 내 자리에서 그를 바라보지 말고, 그의 자리에서 나를 바라보는 눈이 필요합니다.

젊어지고 싶은 마음

봄비가 보슬보슬 내리는 날이다. 오늘처럼 비오는 날이면 빗소리의 속삭임을 음미하며 그리운 사람과 술 한 잔 마시거나 집에서 아내와 같이 부침개를 부쳐 먹고 싶은 생각이 난다.

관리소 직원들과 점심을 같이하려고 보목리 해안가의 해녀횟집을 찾았다. 바깥 마루에 앉아 눈앞에 펼쳐진 파란 섬과 바다를 보니 날아갈 듯 가슴이 탁 트인다. 직원들의 표정도 밝기만 하다. 자리돔이 많이 잡히는 계절이라 제철 음식이 식욕을 돋우기엔 최고이다. 젊은 새댁이 음식 주문을 받으러 왔다.

"아줌마, 자리회 6인분과 소주 한 병 주십시오."

오늘 비번인 경비 아저씨가 술 한 잔하고 싶단다. 젊은 새댁이 대뜸 대답한다.

"아가씨라고 불러 주시겠어요?"

자기 생각을 직설적으로 표현한다. 예상치 못한 의외의 반응이다. 요즘 신세대는 자기 생각을 분명히 표현하는 데 익숙한 것 같다. 당돌하게 자신의 의견을 표출하는 게 다소 깜찍하다는 생각이 들어 빙그레 웃음이 나왔다.

"알겠어요. 예쁜 아가씨! 소주 한 병 먼저 갖다 주세요." 웃는 얼굴로 호칭을 바꿨다.

새댁의 얼굴에 살며시 미소가 감돈다. 관리소 직원들도 덩달아 웃음꽃이 활짝 피어난다. 금세 분위기가 솜털처럼 보드라워졌다. 물회의 맛이 더할 나위 없이 좋다. 아름답고 시원한 바닷가의 풍경과 화기애애한 식사 분위기가 한데 어우러져 식욕을 돋운 게 아닐까 싶다.

그녀에게 아줌마의 호칭이 거슬린 이유가 뭘까. 젊음을 유지하고 싶은 마음에서일 것이다. 늙지 않고 젊음을 오래 유지하고 싶은 것이 인지상정이다. 세상에 늙지 않는 사람은 없다. 속절없이 흘러가기만 하는 시간 속에 묻혀 생로병사를 겪으며 노화의 길을 걸을 수밖에 없는 것이 타고난 인간의 숙명이 아니던가. 아가씨든 아줌마든 호칭이 무슨 문제가 되겠는가.

육체의 노화를 피할 순 없지만 젊은 마음을 오래 담고 살 수는 있다. 육신은 젊지만, 마음이 노인처럼 늙어버린 사람도 있고 나이는 많아도 소년처럼 마음이 싱싱한 사람도 있다. 몸은 늙어도 마음만은 항상 청춘으로 살 수 있다면 행복한 삶이 될 것이다. 나도 오늘 '젊은 오빠' 라 불리고 싶다.

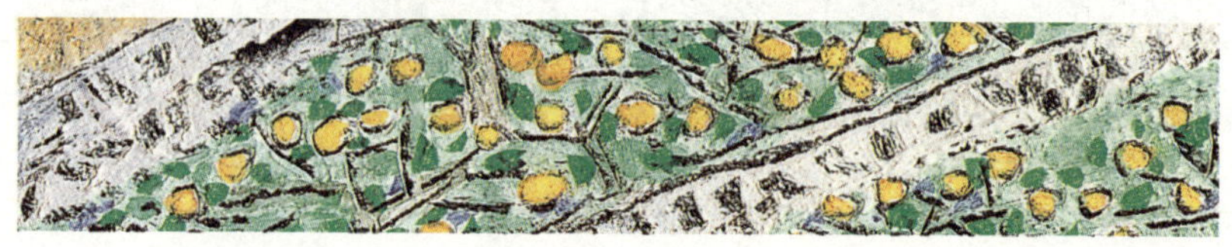

5...

인간도 서로 도움을 주고받으며 공존한다.
정을 주고 받으며 더불어 사는 삶이
살맛나고 행복한 인생이다.

백마와 까마귀

　오랜만에 딸내미와 함께 다랑쉬오름 근처에 있는 돝오름을 찾았다. 초행길이라 등산로를 못 찾아 덤불 속을 헤쳐 올랐다. 이마에 흐르는 구슬땀을 닦으며 정상에 다다르니 싱그러운 바람이 폐부에 깊숙이 와 닿는다. 날아갈 듯 시원하고 상쾌하다. 청록 빛 분화구 안엔 말들이 떼를 지어 노닐고 있다. 푸른 하늘 아래 수십 마리의 말들이 한가롭게 풀을 뜯는 오름 풍경이 내 마음을 포근하게 감싸준다.

　우리 부녀가 가까이 접근해도 말들은 아랑곳하지 않고 풀을 뜯는 일에만 열중이다. 인적이 드문 분화구 안에는 사람들의 발길이 뜸한 데다 천성이 사람을 두려워하지 않는 동물이여서일까.

산 능선에 앉아 잠시 쉬고 있을 무렵 수십 미터 떨어진 구릉지에
서 백마의 잔등머리에 앉은 까마귀 한 마리가 무언가 쪼아 먹는 모
습이 눈에 띄었다. 처음 본 순간 참 신기하다는 생각이 들었다. 자
신의 등 위에 앉아 날카로운 부리로 등을 쪼아대는데도 전혀 개의치
않고 태연히 풀만 뜯고 있으니 말이다. 아마 둘 사이는 다정한 연인
사이가 아닌가 싶었다.

백마는 몸속에 달라붙은 진드기를 구제해 주니까 시원하여 기분
좋고, 까마귀는 말 등에서 맛있는 먹잇감을 구할 수 있다. 서로에게
필요한 만남이 이루어진 생태계의 아름다운 공생이다.

목장 지역엔 말보다 소가 훨씬 더 많은데 왜 까마귀는 말을 자신
의 파트너로 정했을까? 소보다 말이 더 너그러운가. 아니면 말의 외
모에 반한 걸까. 아마도 우직하고 무뚝뚝한 소보다는 부드럽고 날씬
한 말에게 더 호감이 갔는지도 모른다.

아무리 제 눈에 안경이라고는 하지만 백마는 수많은 새 중에서 하
필이면 까마귀를 살가운 연인으로 선택한 것일까? 아마도 그 녀석
은 자신의 몸 색깔과 대조적인 검은색에 관심이 쏠렸을지도 모르겠
다. 그렇다면 흰색과 검은색은 궁합이 맞는 색상인가 보다. 어쨌든
백마와 까마귀는 천생연분이라는 생각이 든다.

어린 시절 부모님은 밭에 고구마를 재배했다. 일꾼 아저씨가 쟁기
로 밭을 갈고 지나가면 고구마 줄기를 심는 일을 거들었다. 점심을

먹은 후 쉬는 시간에 장난기가 발동하여 소등에 올라타고 싶은 생각
이 들었다. 동생을 꼬드겨 건너편 모퉁이에서 꼴을 먹고 있는 소를
이끌고 밭의 경계인 돌담 옆으로 갔다. 유별나게 장난이 심했던 개
구쟁이 시절이었다. 동생이 먼저 돌담 위로 올라가 옆에 서 있는 소
등에 털썩 올라탔다. 화들짝 놀란 소가 펄쩍펄쩍 뛰기 시작했다. 사
람이 자신의 등에 올라타는 것에 길들지 않았기 때문이리라. 그 바
람에 동생은 소등에서 굴러 떨어지면서 뾰족한 안장의 연결꽂이에
바지와 엉덩이 살이 꿰여 거꾸로 매달린 채 버둥거리며 살려달라고
비명을 질러댔다.

가슴이 덜컹 내려앉았다. 혼비백산이 되어 눈이 뒤집히고 숨이 멎
어버릴 것만 같았다. 동생이 죽기라도 한다면 어떻게 하나, 온몸이
바들바들 떨리고 하늘이 샛노랗게 보였다. 아버지한테 야단맞을 걸
생각하니 머리에 심한 통증이 엄습했다. 제발 동생의 목숨만이라도
건질 수 있기를 마음속으로 간절히 빌었다.

아버지와 밭갈이 일꾼이 달려가 팔딱팔딱 날뛰고 있는 소의 고삐
를 붙잡아 겨우 진정시키고, 초주검이 된 동생을 날카로운 연결꽂이
에서 어렵사리 빼냈다. 아버지는 부랴부랴 피투성이인 동생을 업고
신작로로 달려갔다. 대중교통이라곤 오로지 버스만이 드물게 통행
했던 시절, 시내 의원에 가려면 일주도로까지 걸어 나가 버스가 올
때까지 기다려야만 했다.

그 일 때문에 말썽꾸러기 성격이 조용한 성격으로 변해 버릴 정도로 정신적인 충격이 컸던 끔찍한 사건이었다. 지금 생각해도 가슴이 떨리는 가슴 아픈 사건이다.

어린 시절 내가 겪었던 것처럼 백마는 까마귀가 처음 자신의 등에 앉았을 땐 화들짝 놀라 꼬리를 휘둘러 까마귀를 쫓아버렸을 거다. 그래도 까마귀가 포기하지 않고 구애하자 서서히 마음을 열고 까마귀를 연인으로 받아들인 게 아닐까 싶다.

까마귀는 영리하고 집요한 날짐승이다. 자기가 상대에게 꼭 필요한 존재라는 걸 인식시키려고 무척 애쓴 것 같다. 까마귀의 끈질긴 설득에 백마의 닫힌 마음도 시나브로 열리고, 설레는 마음으로 기다릴 만큼 좋아하는 사이로 발전한 게 아닐까.

인간도 서로 도움을 주고받으며 공존한다. 정을 주고받으며 더불어 사는 삶이 살맛나고 행복한 인생이다. 천생연분인 백마와 까마귀의 공생처럼.

금지옥엽

  KBS TV 주말 연속극 〈금지옥엽〉이 안방의 열기를 고조시키고 있다. 사각관계로 이어지는 남녀 간의 애절한 사랑이 메마른 가슴을 촉촉이 적신다. 과연 누구를 선택할 것인가, 이러지도 못하고 저럴 수도 없는 사랑의 선택 앞에 가슴이 찢어질 듯 애통해 하는 연인들의 모습에 스르르 눈시울이 뜨거워진다. 사람이 사랑의 대상을 잃었을 때보다 더 애련한 일은 없을 것이다. 특히 남녀의 에로스 사랑만큼 마음 졸이고 가슴 설레게 하는 일이 있을까. 슬퍼하고 고뇌에 빠진 배우들의 연기가 가슴 속에 절절히 사무친다. 어느새 자신도 모르게 이 연속극의 주인공이나 된 것처럼 희로애락에 몰입되어 드라마의 포로가 되어버린다.

　　주인공 남자인 장신우(지현우)가 보건의로 섬에 근무할 때 섬마을 처녀인 ‘보리’를 사귄다. 어머니 없이 홀아버지 슬하에서 자란 그는 어떤 여자도 사랑하지 않겠노라 마음을 굳게 먹은 터라 그냥 즐길 목적으로만 만난다. 어린 시절 남자의 어머니가 자식들을 아버지에게 맡긴 채 가출해 버린 가정환경에서 영향을 받은 것이 아닌가 싶다. 반면 ‘보리’는 그 남자를 진심으로 사랑한다. 보건의 기간이 끝나자 ‘신우’는 재회의 기약도 없이 ‘보리’ 곁을 떠난다.

　　어느 날 ‘보리’는 서울에 사는 남자의 집에 찾아와 같이 살겠다고 눌러앉는다. 보리는 남자의 아기를 임신한 상태였지만 남자에게 알리지 않은 채로. 남자의 집에 머무는 동안 보리는 남자가 자기를 사랑하지 않는다는 사실을 깨닫고 몰래 집을 나와 버린다. 하지만 뱃속의 아기는 낳아 키우기로 결심한다.

　　장신우와 치과 병원에서 같이 근무하는 ‘세라’도 어릴 적부터 ‘신우’를 짝사랑한다. 보리가 떠난 후 그녀의 집요한 구애에 ‘신우’도 서서히 마음을 열고 ‘세라’를 연인으로 받아들인다. 마침내 ‘신우’는 ‘세라’와 결혼을 결심하고, 양가의 허락까지 받아 결혼을 약속한다. 그러던 어느 날 ‘신우’는 첫 여자인 ‘보리’가 자기의 아기를 낳았다는 사실을 알게 된다. ‘신우’는 큰 충격을 받는다. 그의 마음이 크게 흔들리기 시작한다. 어머니 없이 아버지랑 외로이 소년 시절을 보냈던 ‘신우’는 ‘세라’를 진심으로 사랑하지만 그녀와 파혼하기로 결심한다.

‘보리’를 찾아가 같이 살고 싶다고 하자 ‘보리’는 냉정히 거절한다. ‘보리’는 가출 후 극진히 보살펴준 식당 매니저인 ‘동호’와 결혼하기로 약속하고, 함께 미국으로 갈 준비를 하고 있었기 때문이다. 그녀의 갈등이 온몸으로 번진다. 무엇과도 바꿀 수 없는 귀여운 아기(무럭이)의 아빠가 신우이기 때문이다.

‘무럭이’의 아빠인 신우를 선택할 것인가, 자기를 그동안 극진히 돌봐주고 진심으로 사랑을 베풀어 준 매니저 ‘동호’를 선택할 것인가. ‘보리’는 인생의 중대한 기로에서 어찌할 바를 몰라 고민한다. 둘을 다 선택할 수는 없는 노릇이다. ‘보리’는 갈등과 번민 속에서 방황한다.

파혼하자는 ‘신우’의 말을 듣고 ‘세라’는 혼절한다. 그녀로선 청천벽력이다. ‘세라’로선 그 남자와 헤어진다는 것 자체가 죽음이다. 상상하기조차 싫다. 그녀에겐 ‘신우’가 인생의 전부라고 해도 과언이 아니다. 절절히 사랑했기에 그 남자 없이는 한시도 못 살 것만 같다.

그녀는 ‘보리’가 낳은 아기를 맡아 키우기로 결심한다. ‘세라’는 ‘보리’가 아기를 자기에게 맡기고 지금 사귀고 있는 새 남자랑 미국으로 떠나 줄 것을 부탁하러 갔다가 눈물을 흘리며 ‘보리’가 살고 있는 집을 뛰쳐나온다. ‘보리’에게 가장 소중한 존재가 아기 ‘무럭이’라는 사실을 확인하고선 차마 그 말을 입 밖에 꺼낼 수가 없었던 것이다. 사랑하는 남녀가 서로 헤어진다는 것은 정말 처절하고 슬픈 일이다. 사랑하는 연인의 이별만큼 가슴속을 아리게 하는 게 또 있을까.

연속극은 현실적으로 이루어지는 일반적이고 정상적인 인간관계를 다루지 않는다. 비정상적이고 흔하지 않은 의외의 상황을 설정한다. 갈등이나 긴장을 조성하기 쉬울뿐더러 충격적인 소재의 도입으로 시청자의 관심을 끌어내려는 방법일지도 모른다. 시청자 역시 자기 자신이 경험해 보지 못한 특별한 삶을 드라마를 통해 간접 체험으로나마 대리만족할 수도 있는 것이다.

갈등, 긴장으로 진행하다가 다소 평온을 찾는가 싶으면 다시 반전되어 갈등 고조로 이어지고 결말에 해피엔딩으로 끝난다. 좋은 역을 맡은 배우는 좋은 역할만, 나쁜 배역을 담당한 배우는 옳지 않은 언동으로 일관한다. 특히 자녀의 결혼을 처음에는 반대하는 시나리오가 요즘 주된 흐름인 듯하다.

정상적인 상황으로 시나리오를 전개해도 얼마든지 흥미와 관심을 유도할 수도 있을 터이다. 일상적인 접근으로도 궁금증이나 갈등, 긴장을 불러올 수도 있다. 굳이 별난 소재로 삼각이나 사각관계의 애정행각으로만 전개할 필요가 있을까. 남녀의 불륜은 시청자에게 좋지 않은 영향을 미치기도 한다. 건전한 인간관계를 소재로 다룬 연속극에서도 잔잔한 웃음과 볼거리를 얼마든지 제공할 수 있지 않을까 싶다.

주말 연속극 '금지옥엽'이 회를 거듭할수록 인기가 많아지고 있다. 비록 남녀의 사각관계를 다룬 통속극이지만 건전한 내용으로 구성된 것이 시청자의 좋은 반응으로 이어지는 것이 아닌가 싶다. 요즘 나도 주말 저녁엔 '금지옥엽' 연속극 시청에 홀딱 빠져버렸다. 연속극 보는 재미로 살아가고 있다는 모 아낙네의 말이 남 말만은 아닌 듯싶다.

과연 보리는 어떠한 선택을 할까. 아기의 아빠인 과거의 남자 '신우'를 받아들일 것인가, 아기를 데리고 새 남자 '동호'랑 미국행 비행기를 탈 것인가. '보리'가 '신우'를 선택하면 '동호'와 '세라'의 운명은 어떻게 전개될 것인가. 반대로 '보리'가 '동호'를 선택한다면 '신우'는 다시 '세라'에게 돌아갈 것인가. 누구를 선택해도 잔잔한 호수에 돌을 던진 것처럼 파문이 멀리 퍼질 게 틀림없다. 아무튼 '보리'의 선택으로 사각관계는 정리되고 남은 사람들의 인생 방향도 결정될 것이다. 그들의 미래에 찬란한 행복을 심을 수 있는 멋진 선택을 하기 바란다. 내가 그녀의 입장이라면 누구를 택할 수 있을 것인가, 나 역시 진퇴유곡의 늪에 빠져 갈피를 못 잡고 허우적거릴 것만 같다.

사람은 크고 작은 선택을 하면서 살아간다. 그 선택이 평생을 좌우하기도 하기에 선택은 늘 어렵다. 그것이 사랑임에랴.

멋진 인생

세상 일이 다 한순간이다. 모든 게 시간의 흐름 속에 잠시 나타났다가 서서히 사라진다. 이 세상에 영원한 건 없다. 화려한 빛깔로 내 가슴을 설레게 했던 은행나무의 노란 단풍도 반짝 한순간이다. 고운 자태도 잠시, 낙엽이 되고 빛이 바랜 채 땅에서 죽어가고 있다.

시작이 있으면 끝이 있는 거다. 태어나서 성장하면 꽃을 피워 열매를 맺은 후 서서히 늙어서 사라지는 순환 과정은 때가 되면 어김없이 찾아오는 자연의 법칙인가 보다. 공원의 앙상한 은행나무 가지엔 직박구리 세 마리가 앉아 재잘거린다. 나뭇잎이 다 떨어지고 물기가 사라져 버린 은행나무의 모습이 어쩐지 외롭고 처량한 느낌이 든다.

나무 밑엔 노란 잎사귀가 소복이 쌓여 있다. 낙엽을 밟으며 공원 길을 걸어본다. 밟힌 낙엽들이 바스락바스락 소리를 지른다. 아직도 노란빛이 조금 남은 이파리들이 마지막 생기를 토해낸다. 땅에 떨어져 죽는 그 순간까지 아름다움을 잃지 않으려고 안간힘을 쏟고 있는 것 같다.

그 스산하고 청아한 모습에 감동의 물결이 스르르 밀려온다. 저 은행 단풍잎처럼 마지막 순간을 고운 모습으로 장식할 수만 있다면 얼마나 멋지고 아름다우랴.

우리 고장엔 세인들의 입에 오르내릴 만큼 거룩한 죽음을 선택한 부자가 계셨다. 어릴 적 내가 살고 있는 지역에서 그분 이름만 대면 모르는 사람이 없을 정도의 백만장자로 알려진 분이다. 부동산도 곳곳에 많았고 호텔 사업도 번창했지만, 그분이 살아계실 적엔 보통사람들처럼 옷차림이 수수하고 생활이 검소했다.

그분은 기회가 있을 때마다 사회나 이웃에 선행을 많이 베푸셨다. 그분이 지자체에 기부한 땅에 공원이 조성되었다. 그분의 얼을 기리기 위해 '강창학 공원'으로 명명되고 있다. 세인들의 가슴속에 아름다운 기부의 사례로 잊히지 않을 것이다.

돈이 많아도 값지게 쓸 줄 모르는 사람들이 있다. 돈을 벌어 살만하면 갑자기 병이 찾아오는 게 인생이다. 재산이 아무리 많아도 건

강을 잃고 죽음이 찾아오면 무슨 소용이 있으랴. 돈은 잘 쓰려고 버는 것이다. 돈도 잘 벌고 번 돈을 아름답게 잘 쓸 수 있다면 가장 멋진 인생이 될 것이다. 그분은 돈을 잘 쓰는 방법을 누구보다도 잘 알았던 지혜로운 분이 아닐까.

그분은 화장해달라는 유언을 남겼단다. 마지막까지 멋지고 아름다운 삶을 선택한 분이다.

무던한 사람

　뒷집 텃밭에 심어 놓은 감귤 나무 서너 그루가 울상을 짓고 있다. 해가 바뀌고 휘파람새 소리가 들리는 봄이 찾아왔건만 따주지 않은 열매가 빛이 바래고 생기를 잃어간다. 그 모습을 바라보니 혼기를 놓친 자식을 둔 부모의 마음처럼 속상하고 안타깝다.

　왜 뒷집 주인은 여태껏 감귤을 수확하지 않고 그대로 두었을까. 무심한 주인의 속내가 궁금하기 짝이 없다. 뒷집 주인은 어떤 성격의 소유자일까 생각해 본다. 오늘 못하면 내일 하면 된다는 낙천적인 성격일까, 차일피일 미루기만 하는 우유부단한 방관주의자일까.

　복합적인 이유가 있겠지만 느긋하고 무심한 성격의 소유자인 것만은 확실한 것 같다. 그렇다손 치더라도 농사를 깔끔히 마무리하지 않은 채 방치하는 무심함을 이해할 수 없다. 수확량이 적고 상품가치가 없다고 애써 키운 열매를 농부가 어찌 모른 척 할 수 있을까.

장모님께선 4백 평 남짓의 텃밭에 감귤 농사를 지으셨다. 연로하여 거동이 불편했지만 몸소 비료를 주고 김을 맸다. 그럴 때마다 자식들은 농사일을 그만두고 편히 쉬라고 해도 감귤농사에 집착하였다. 사람 그리운 마음을 감귤나무에 정성을 쏟으며 견디셨을 것이다.

감귤농사는 수확할 때 일손이 가장 많이 필요하다. 연로하여 품앗이할 형편이 못 되니 일손 구하기가 어려웠다. 한 해 동안 지은 농사를 제때 수확하여 판매까지 마무리해야 비로소 한숨을 돌리셨다. 설사 감귤가격이 폭락했더라도 열매를 따지 않고 그냥 내버려둔다는 것 자체가 그분에겐 상상할 수도 없는 일이다.

장모님은 마당 잔디밭에 잡초 하나가 없을 정도로 성격이 완벽하고 세심한 분이셨다. 타고난 성품 탓에 험난한 인생의 여정에서 얼마나 정신적인 고통이 많았을까. 추운 날씨에 오후 늦게까지 텃밭의 김을 무리하게 매고는 심근경색으로 돌아가셨다. 오늘 못한 일은 내일 해도 되겠지 하고 느긋한 마음으로 김매는 일을 미루고 과로를 피했더라면 갑작스레 세상을 떠나진 않았을 것이다. 지금도 장모님 돌아가신 일을 생각하면 가슴 한쪽이 시려 온다.

성격이 까다로운 사람은 자주 스트레스를 받는 것 같다. 완벽을 추구하다 보면 자기 마음에 차지 않아 기분이 언짢을 때가 많기 때문이다. 반면 성격이 느긋하고 무던한 사람은 스트레스를 덜 받을 성싶다. 비위에 거슬리는 언동을 보아도 너그럽게 포용하여 넘어가니 말이다.

뒷집 주인은 열매가 시간이 지나면서 자연히 떨어질 때까지 기다리며 세월을 낚을까. 아니, 내가 못본 그 무엇을 낚고 있는지도 모를 일이다.

미안한 거절

　요란스러운 알람소리에 눈이 번쩍 뜨인다. 오름 동아리의 산행을 세 번째 참석하는 날이다. 서둘러 아침 요가운동을 마치고 배낭을 챙긴다. 아침식사 후 총총걸음으로 대문을 나선다. 시내에서 일행 한 사람을 태우고 제주시 팀이랑 합류할 가시리 네거리를 향하여 출발한다. 회색빛 하늘이 을씨년스럽고 스산하지만 마음만은 밝고 상쾌하다. 하늘의 날씨랑 마음의 기후는 일치하지 않을 때도 종종 있는가 보다.

　소풍 길에 오른 소년처럼 설렘으로 가슴이 두근거린다. 오늘 산행 엔 어떤 사람들을 만날까, 처음으로 오르는 오름은 산행하기에 좋고 아름다운 곳일까. 새로운 세계에 대한 호기심과 기대감으로 가슴이 부풀어 오른다. 그동안 감귤수확으로 세 번째 산행도전의 기회를 번 번이 놓쳤었다. 이번 산행으로 정회원 자격을 부여 받는다. 산행을 세 번 참석해야 정회원으로 승급된다는 규정에 의해서다. 정회원으로 승급하지 못하고 준회원 자격이면 카페 이용이 제한되어 있다. 바야흐로 그 준회원 딱지를 떼게 되었으니 생각만 해도 신바람이 절로 나고 기분이 상쾌해진다.

약속장소에서 제주시 팀과 합류하여 서로 인사를 나누고 오름 기슭으로 차량을 이동시킨다. 회장의 지휘 아래 준비운동을 한 후 오름 네 개를 오르내린다. 어느새 땀으로 옷이 흠뻑 젖었다. 나도 모르게 마음이 포근하고 넉넉해진다.

산이 포근한 것은 산을 찾는 이들이 마음이 따스하기 때문이고, 산이 아름다운 것은 산을 좋아하는 사람들의 마음이 아름답기 때문이란 모 산악인이 말이 가슴에 살며시 다가와 미소 짓는다.

일요산행을 안내하기 위하여 회장은 매주 산행할 오름을 사전 답사하여 트래킹 코스를 정한 후 회원들을 인솔한다. 대단한 열정인 것 같다. 회장의 생업은 무엇일까. 시간을 많이 쪼갤 수 있는 직업이 아니고선 감히 엄두도 낼 수 없는 일이지 않은가. 아무리 산을 좋아한다고 해도 오름 사전답사, 산행공지, 산행안내 등을 할 수 있는 열의가 과연 어디에서 나오는 것일까. 자기 자신이 산에 미치지 않고서는 사명감만으론 분명 한계가 있을 터이다. 아무튼 등산광인

회장을 둔 오름 모임에 가입한 게 더할 나위없는 행운이다.

오름 네 곳을 다 오르고 점심식사 후 헤어졌다. 집에서 잠깐 쉬었다가 밭에서 일하고 있는데 회장에게서 전화가 걸려왔다. 승급을 축하한다면서 산행후기를 부탁한다고 했다.

갑작스런 제의에 당황했다. 마음의 여유도 없고 휴일 저녁 글쓰기에 구속되고 싶지 않았다. 일요일은 편히 푹 쉬고 싶었다.

"글 솜씨가 없습니다. 다른 분에게 부탁해 주십시오. 미안합니다."정신을 가다듬고 거절의사를 분명히 밝혔다. 그에게 나의 첫인상이 좋게 비쳤을까. 고작 세 번 산행으로 승급되자마자 산행후기를 부탁 받았으니 말이다. 그런데 그의 제의를 단번에 거절하고 말았으니 기대감이 실망감으로 변했을지도 모른다.

내가 관리하는 카페에 오름산악회방 메뉴를 만들어 같이 사용한 적이 있었다. 오름 산행 후 산행후기를 올리는 일이 제일 힘든 일이었다. 어느 여자회원에게 산행후기를 부탁했다. 그런데 며칠이 지나도 산행후기 글을 올리지 않았다. 혹시 나에게 불만이나 오해가 있는 건 아닐까 그렇지 않으면 마음 상한 다른 일이 생긴 것일까. 결국 그 회원과 소원해지게 되는 계기가 되고 말았다.

그때를 생각하면 부담이 되더라도 산행후기의 글쓰기 부탁을 들어주여야 했다. 원활한 인간관계란 역지사지의 마음으로 상대가 원하는 것을 해결해줌으로써 더욱 돈독해지는 것이니까 말이다. 이번의 산행후기는 단호하게 거절했지만 다음에 다시 부탁을 받는다면 기꺼이 써야겠다는 생각을 한다.

자기가 하기 싫은 일일지라도 상대방이 바라면 수용할 수 있는 마음의 여유와 아량이 필요하다. 요즘 내 자신이 너무 편한 것에만 익숙해져 좀 알량하고 속 좁은 게 아닌가 싶은 생각이 들기도 한다.

노루 가족

　서녁 하늘을 핏빛으로 물들인 노을이 오늘따라 유난히 곱고 선명하다. 여느 때처럼 고근산 산책길 입구에 들어선다. 산책로를 따라 뚜벅뚜벅 걸어가다 길가 돌담 위에 나란히 심어져 있는 빨간 철쭉꽃과 눈이 마주친다. 윤기가 없고 기운이 고갈된 모습, 측은한 마음이 바람처럼 스쳐 간다. 심은 후 비가 충분히 오지 않아 뿌리를 내리지 못한 탓인가 보다. 몸이 쇠진한 상태로 죽어가면서도 사력을 다하여 꽃을 피운 모습이 가상하기도 하고 한편으론 애처롭기도 하다. 이 세상의 살아 있는 모든 생명체에서 생식본능만큼 강한 것이 또 있을까. 어쩌면 그것은 신이 은밀히 내려준 고귀하고 소중한 삶의 의미인지도 모른다.

　퇴근 후 특별한 일이 없는 날이면 으레 고근산을 오르는 것이 일상이 된 지 오래다. 하루 중 한 시간만이라도 나 자신의 건강을 위해 투자하기로 결심하고 성실한 소처럼 묵묵히 걷고 있다. 건강은 건강할 때 지켜야 한다. 건강을 잃은 후에 운동을 해봐야 이미 시기를 놓친 것이다. 운동은 건강을 약속하는 적금이다. 미래의 행복인 건강을 만기적립금으로 받을 수 있다는 기대를 갖고 걷기 운동을 즐긴다.

　걷기가 건강에 좋다는 것을 모르는 사람은 아무도 없을 것이다. 하지만 건강을 위해 꾸준히 운동하는 사람은 그리 많지 않다. 혼자 걷는다는 것은 재미가 없고 지겨워지기 쉬운 운동이기 때문인지도 모른다. 나 역시 처음에는 지루한 느낌이 들었다. 내키지도 않고 재미가 없는 운동을 계속할 수 있었던 것은 건강을 잃었던 아픈 기억이 원동력이 된 것 같다. 이제 고근산에 가지 않으면 몸이 쑤시고 마음이 개운하지 않을 정도가 되었다.

　고근산 정상에 오르다 보면 죽마고우 K를 종종 만난다. 그 역시 하루도 빠짐없이 고근산에 오르는 친구이다. 오늘도 정상에서 그를 만났다. 이런저런 세상 돌아가는 얘기를 주고받으며 원형 분화구 주위를 한 바퀴 돌았다. 마침 분화구 안에서 '컹컹' 수컷노루의 울부짖는 소리가 들려오자, 친구는 우두머리인 수컷이 영역을 알리는 울음소리라고 알려줬다.

몇 년 전부터 노루 가족이 이곳에 보금자리를 마련했다. 오름을 오를 때면 노루가족의 낙엽 밟는 소리가 종종 들린다. 노루가 겁을 먹을까 봐 사뿐사뿐 걷는다. 노루는 겁이 많으면서도 사람을 겁내지 않으며 순진하면서도 눈치가 빠른 짐승이다. 해칠 의사가 없어 보이면 사람이 가까이 가도 얼른 도망을 가지 않아 정이 간다.

마을이 가까운 해발 396m 높이의 오름에 노루가 살고 있다는 그 자체가 기이한 일이다. 전에는 사람들의 발길이 잦은 곳이어서 노루가 살지 않았다.여기저기 새로운 길이 나자 갈 곳 잃은 노루가족이 이리저리 헤매고 돌아다니다 숲이 울창한 이 오름에 자리잡고 살게 되었을 것이다.

산을 좋아하는 친구는 고근산에 살고 있는 노루의 보호에 대한 생각을 조심스레 꺼낸다. '노루들을 놀라게 하거나 해치는 행위를 하지 말자.' 라는 내용의 안내판을 산책로 입구에 세웠으면 좋겠다는 의견이다.

야생동물을 지극히 사랑하는 마음에서 우러나온 생각이다. 산에 사는 동식물까지도 자기 것처럼 아끼는 친구의 마음이 다가오자 가슴이 뭉클해졌다.

고근산은 매력 만점인 오름이다. 노루 가족이 정착하여 살고 있는 것만 봐도 알 수 있다.

지금 한창 진행되고 있는 혁신도시가 완공되면 도시와 자연 그

리고 인간과 야생동물이 공존하는 오름으로 더욱 사랑을 받을 것
이다. 노루가족이 사는 고근산은 꿈의 동산이다.

성널오름을 오르며

　늦잠 자는 바람에 집결지에서 출발하기로 약속한 시간이 얼마 남지 않았다. 부랴부랴 등산준비를 서둘렀다. 우리 집을 들르는 회장의 차를 타고 집결지에 도착해 보니 기다리고 있는 회원이 고작 두 사람밖에 없다. 부풀어 올랐던 기대감이 슬며시 가라앉는다. 침체된 마음을 가다듬고 잠시 기다리고 있는데 회원 한 명이 합세하였다. 움츠렸던 기분이 살짝 펴진다. 총무가 준비한 김밥을 나눠 배낭에 담고 성널오름 입구인 성판악을 향해 출발했다.

　성판악에 도착하자 가랑비가 내리고 있었다. 흐린 날씨임에도 주차장엔 관광객 등반차량으로 가득 메워져 있다. 빈자리가 없을 것 같아 걱정했는데 다행히 택시가 빠진 자리에 주차할 수 있는 행운을 얻었다.

　등산객이 다니지 않는 비秘코스의 산행 길로 진입했다. 초목이 우거진 고즈넉한 숲길을 따라 발길을 총총히 옮겼다. 태풍 '나리'가 할퀴고 간 상처가 생각보다 훨씬 컸다. 곳곳에 아름드리 수목들이 뿌리째 뽑혀 나뒹굴고 있었다. 숲속에 서 있는 나무들이 이만큼 피해를 볼 정도라면 나리의 위력이 엄청 강했던 모양이다. 세 시간 정도 강타한 게 이 정도인데, 반나절 이상 폭우를 동반한 사이클론 같은 강풍이 불어제쳤으면 제주 온 섬이 물바다로 변하지 않았을까. 생각만 해도 아찔하다. 그나마 단시간 몰아치고 그쳤으니 천만다행이다.

　태풍이 많은 고목들의 생명을 앗아가는 아픔을 주었지만, 그게 더딘 자연의 순환을 재촉할 것이다. 큰 나무가 쓰러진 자리엔 작은 나무들이 자랄 수 있는 공간이 생겨 신구의 세대교체가 자연스레 이루어졌다. 그동안 음지에서 움츠리고 있던 새끼 나무들이 햇빛을 충분히 공급받아 성장할 수 있게끔 큰 나무들이 자기의 자리를 양보한 셈이다.

　인간도 수명이 다하면 떠나는 유한한 존재이다. 영원히 살 수 있는 사람은 이 세상에 아무도 없다. 한 생명체는 언젠가 이 세상에서 사라지고 그 뒤를 이은 새 생명체가 대를 이어 살아간다. 사망과 탄생은 모든 생명체가 숙명적으로 겪어야 할 순환 법칙이 아닌가.

자식을 낳고 기르는 게 최고의 가치인 것도 한정된 삶 때문이다. 자기 자신의 한 개체는 썩어 없어져도 자기 자신과 닮은 자식을 통해서 영원히 죽지 않고 대대로 이어진다고 믿기 때문이다. 하지만, 자식을 잘 키우는 게 부모의 마음대로 되지 않는 삶의 현실 앞에 고뇌하는 자신을 되돌아본다.

성판악 주차장에서 잰걸음으로 두 시간 남짓 걸어 '성널' 폭포에 도착했다. 사시사철 물이 마르지 않고 베일 속에 가려 세인에게 잘 알려지지 않은 숲속의 폭포이다.

한라산에 사계절 내내 물이 흐르는 곳이 어리목과 영실 두 곳밖에 없는 줄 알았다. 깊은 산속에 물이 계속 흐르는 폭포가 있다니, 경이로운 자연의 신비 앞에 탄성이 절로 터진다. 폭포의 위쪽엔 일제 강점기 시절에 개발한 수원지도 수줍은 얼굴을 드러냈다. 그 당시 일본인들이 버섯농장에 식수와 농업용수를 공급하기 위하여 이곳에 물을 가두고 강관을 매설한 것이다.

계곡에서 흐르는 시냇물을 채수하는 수원지를 본 건 난생처음이다. 한편으론 놀랍기도 하고 다른 한편으론 신기하다는 생각도 들었다. 식수원의 발굴에서 개발까지 주도면밀하고 철두철미한 일본의 국민성을 실감하는 현장이다.

우람한 바위들이 서 있는 가파른 능선을 따라 성처럼 암벽으로 둘러싸인 오름을 오른다. 등산 도중 바위에 뿌리 내린 나무들과 눈이 마주쳤다. 깊게 파고든 나무의 뿌리 때문에 암반이 군데군데 금이 나 있다. 놀라운 식물의 생존력 앞에 나는 눈길을 뗄 수 없었다. 생존하기 위해서라지만 바위를 뚫고 뿌리를 내린다는 것이 얼마나 힘들고 고통스러운 삶이었을까. 인고의 과정을 처절하게 견뎌냈기 때문에 그 나무는 모진 태풍에도 쓰러지지 않고 버틸 수 있었던 것이 아닐까.

사람의 인생도 마찬가지라는 생각이 든다. 고생하고 역경을 극복한 사람이 적자생존의 가능성이 훨씬 높으리라. 어쩌면 고통과 역경은 인간을 강하게 단련시키는 요소가 아닐까 싶기도 하다. 성널오름의 9월 등반, 비록 함께한 산우는 적었지만 많을 걸 보고 느낀 알찬 산행으로 오래 기억될 것 같다.

어떤 제안

　장마철인데도 하늘빛이 고운 아침이다. 오름 동아리 일요산행에 참석하기 위하여 서둘러 집을 나섰다. 아침 공기가 제법 삽상하다. 제주시 회원들과 만나기로 약속한 거문오름 입구인 선흘리 주차장을 향하여 승용차로 질주한다. 서성로를 지나 남조로 길로 접어들자 하늘이 잔뜩 흐리고 어두운 빛이 감돌고 있다. 혼자 가는 길이니까 일행보다 일찍 도착해야만 된다는 생각에 액셀러레이터를 세게 밟아 속력을 낸다.

　차를 거칠게 모는 편이라는 동료의 말이 퍼뜩 뇌리를 스쳤다. 바쁠수록 느긋하게 차를 몰아야 한다. 전방을 주시하며 급한 마음을 진정시키려고 심호흡을 크게 해본다. 서둘렀더니 예상보다 20분 일찍 목적지 선흘리 주차장에 도착했다. '오늘도 예정시간보다 일찍 도착했구나, 그래야 여유가 있어 좋은 거야.' 마음속으로 자위해 본다.

8월 중순 이후부터는 거문오름 트래킹코스의 산행 인원을 제한한다는 소식에 주차장엔 산행에 참여한 인파로 붐볐다. 주차 요원들이 진입하는 차량을 주차할 장소로 안내하느라 분주한 모습이다.

억새밭이 임시주차장으로 사용되고 있었다. 싱그러운 녹색 물결이 넘실거린다. 바람이 불어올 때마다 허리를 굽히며 춤을 추는 싱싱한 억새들의 군무 속에 올여름도 점점 무르익어가고 있다. 이제 가을도 머지않아 성큼 찾아올 것이다. 억새꽃이 필 무렵 다시 한 번 이곳을 찾고 싶은 마음이 일었다.

갑자기 사면이 어두워지면서 빗방울이 한 방울씩 떨어진다. 서귀포에는 감미로운 햇볕이 내리쬐는데, 조그만 땅덩어리인 제주섬에서 산남과 산북의 날씨가 이렇게 정반대로 다르다니. 섬 중앙에 한라산이 우뚝 솟아 있기 때문일까. 우의를 배낭에 넣고 오지 못한 것이 못내 아쉽다. 이왕 빠뜨린 거 매점에서 우의를 구입하면 그만이다. 혹시 거기에도 우의가 없다면 여벌 우의를 가져온 동료 회원의 도움을 청할 수밖에.

주차장에서 일행을 기다리고 있는데 성산포에 살고 있는 Y 회원이 일행보다 한발 앞서 도착한다. 혼자 기다리는 시간이 허전하고 지루했던 참에 원군을 만난 것처럼 마음이 홀가분해진다. 여 회원의 미소가 살갑고 다정스럽다. 취미를 함께하는 사람들의 만남은 항상 친근감이 소록소록 배어 나오는 것인가 보다.

Y 회원이 조심스레 말을 꺼낸다. 동아리 산행을 위해 고생하는 회장에게 선물로 디지털카메라를 사주고 나머지 돈으로 돼지 한 마리를 잡고 자기 집에서 바비큐 파티를 벌이려고 1인당 만 원씩 걷고 있으니 동참해 달라는 것이다.

지천명의 나이인데도 서울 사람이라 목소리가 나긋나긋하고 부드럽기 그지없다. 동아리를 위해 좋은 일을 하겠다는데 거절할 수는 없는 노릇이다. 지갑에서 1만 원 지폐를 꺼내 그 회원에게 건넨다. 좋은 생각으로 잘 추진해 보라는 격려의 말도 잊지 않았다. 그녀의 얼굴에 웃음꽃이 활짝 핀다. 휴대용 노트에 내 이름을 볼펜으로 적는 가녀린 그녀의 작은 손이 귀엽고 곱게 보인다.

나로선 이런 일을 체험해 본 적도 없고 생각해 보지도 못한 발상이다. 예상도 못 했던 의외의 제안이란 생각이 들었다. 어떻게 그런 생각을 할 수 있었을까. 회장하고 친분이 두터운 사이인지도 모른다. 산에 심취하고 조직에 대한 애착이 강한 사람일까. 사전에 기존 회원들과 논의하고 일을 추진하는 것일까.

조직의 리더에게 힘을 북돋워 주어 동아리 모임의 지속적인 발전을 바라는 마음에서 우러나온 것이라 믿고 싶었다. 그렇다면 바람직한 행동이다. 일이란 누군가가 총대를 메고 나서야 추진되는 것이다. 누구나 일을 추진할 때 선두에 나서는 것을 꺼리는 경향이 있다. 그런데 자발적으로 궂은일을 맡은 그 회원의 의욕이 가상하기도 하다. 그녀가 하는 일을 적극 지지해주고 찬사를 보내줘야 조직의 화합과 활성화에 작은 힘이 되지 않을까 싶었다.

세상의 모든 일이 양면성이 있게 마련이다. 임원도 아니고 회원으로서 일을 추진하는 것 자체가 다소 생뚱맞다고 생각할지도 모른다. 그녀의 행동에 대해 시샘하는 사람도 있을 수 있다. 혼자 잘난 척한다면서 말이다.

일반적으로 일을 추진하기에 앞서 서로 상의하여 공감대를 형성하고 조직원들의 동의를 받아내고 일을 벌이는 것이 올바른 순서이다. 그래야 무리 없이 다른 회원의 협조를 얻어낼 수가 있다. 좋은 취지라고 해도 절차를 무시한 채 일을 벌여놓고 동참하라고 일방적으로 요청하면 회원의 입장에서는 자존심도 상하고 기분이 언짢아질 수도 있다. 그것은 일방적인 권유이기 때문에 받아들이는 처지에서는 다소 불편한 마음이 생길 소지가 다분히 있는 것이다.

전 회원이 이 대열에 참여할지 의문이다. 긍정적으로 생각하면 좋은 취지이지만 어딘가 석연치 않은 마음을 갖는 회원도 더러 있게 마련이다. 의논하는 절차를 생략한 채 일이 진행되고 있기 때문에 그녀의 열정과 의욕이 조직의 화합으로 영글지는 두고 볼 일이다.

산에서는 악인이 없다고 한다. 조그만 허점은 안아주고 장점을 인정하고 북돋아주어야 한다. 그녀가 추진하는 일이 조직을 사랑하는 순수한 마음에서 우러나온 것이라 여기고 싶다. 설사 공감대 형성의 과정이 생략되었다 할지라도 푸름으로 넘실대는 억새 잎처럼 그녀의 시도가 싱그럽게 느껴진다.

일기예보

　농사꾼에겐 생업과 직결된 정보 중의 하나가 일기예보이다. 부정확한 일기예보로 한해 농사를 그르칠 수도 있다. 비가 5㎜ 내린다는 예보에도 불구하고 감귤원에 농약을 치기로 했다. 장마철엔 연일 비가 내려 농약을 살포할 날을 잡기 어렵다. 부모님과 일꾼에게도 내일 농약을 살포한다고 미리 알려 일정을 잡았다.

　다음 날 아침 일찍 일어나 하늘을 보니 날씨가 맑을 것만 같았다. 일기예보를 들으니 오후부터 30~80㎜ 비가 내린다고 하지 않는가. 젠장, 일기예보가 바뀌어 버렸네. 아니 비가 올 것 같지 않은데, 비가 내릴 예정이라니. 여자의 마음처럼 변덕스런 날씨가 미웠다. 아내에게도 어떻게 했으면 좋겠냐고 물어보았다. 일기예보를 무시하고 농약을 살포하는 것이 낫지 않겠느냐고 했다.

자식을 키우는 일처럼 관심과 정성을 쏟아야만 되는 것이 농사일이다. 제때 일을 하지 못하면 마땅히 해야 할 일을 하지 못한 사람처럼 괜히 안쓰럽고 신경이 쓰이는 게 농심인 것 같다.

변경된 일기예보를 접하니 참 난감했다. 계륵 같은 상황이 되어버렸다. 영리하지 못한 머리로 한동안 고심했다. 아내의 의견을 따라 농약 치는 것을 강행하자니 만일 비가 왔을 때 떠내려갈 비용이 만만치 않고, 그렇다고 취소하자니 농약살포시기를 놓칠까 봐 못내 걱정되었다.

감귤 병해충은 사전 예방이 우선이다. 일단 병에 걸리면 농약을 살포해도 별반 소용이 없다. 방제시기를 놓쳐 품질이 떨어지면 제값을 받지 못한다. 어떠한 선택이든 기회비용이 따르기 마련이다. 그 선택에 대한 짐은 자기 자신이 홀로 짊어지고 가야만 한다. 결국 농약살포를 미루기로 하고, 부모님과 일꾼에게 농약살포를 취소한다고 연락했다.

그런데 오전 내내 맑았다. 오후가 되어도 비가 올 기미가 보이지 않았다. 간간히 햇볕도 고개를 내밀었다. 서너 차례 수화기를 들어 날씨 정보를 확인했다. 초지일관 오후에 비가 올 예정이라고만 했다. 정말 고지식하고 답답한 기상대의 예보이다. 오후 5시에 가서야 비로소 변경되는 것이 아닌가. 그것도 비가 밤늦게 5㎜ 내린다는 내

용이었다. 조금 일찍 일기 예측을 알려줬더라면 오후에라도 약제를 살포할 수 있었을 터이다. 부정확하고 뒷북치는 기상대 예보가 원망스러웠다.

배신당한 것처럼 황당하고 속상했다. 믿었던 도끼에 발등 찍힌다는 속담이 생각났다. 일기예보만 믿고 농약살포를 하지 못한 자신의 우유부단한 행동이 후회스럽기도 했다. 다음에 비슷한 상황이 재현된다면 위험을 무릅쓰고 농약을 살포해야 되겠다는 마음이 들었다. 맞지 않은 일기예보로 기상대의 정보에 불신이 생겨버린 것이다.

인간관계에서 믿음은 생명이다. 서로 신뢰하면 가까워지고 서로 불신하면 소원해진다. 신뢰에 한번 금이 가면 원상회복이 여간 쉽지 않다. 서로 믿음을 지키는 일이 어렵고도 중요하다. 기상대와 우리 사이의 신뢰 전선에 이상은 없는가.

전정

봄 햇살이 어머니의 품속처럼 포근하고 감미롭다. 점심시간 잠깐 밴돌 감귤원에 들렀다. 초록빛 광대나물이 한창 물이 오르고, 보랏빛 꽃망울을 터트린 앙증맞은 개불알꽃이 봄의 향내를 물씬 풍기고 있다. 봄빛을 잔뜩 머금은 밴돌 감귤원의 정경이 유난히도 정겹고 따스하다.

"아버지, 저 왔습니다. 어디 계세요"

"여기 있다."

아버지가 전정하는 곳으로 달려간다.

"점심 시켜 드릴까요"

"괜찮다. 떡을 갖고 왔는데 그거 먹으면 된다."

아버지의 전정 가위질 소리가 똑똑 귓가에 다가온다. 조용한 과수원에서 정겹게 피어오르는 소리이다. 부실한 나뭇가지를 골라 전정 가위로 잘라나간다. 그 사이로 따스한 햇살이 살포시 내려앉는다.

아버지께선 전정 작업을 하면서 허전한 마음을 달래고 강물 같은 세월을 낚고 있을 거라는 생각이 스쳐 지나간다. 직장에 다닌다는 구실로 부모님 곁에서 전정 작업을 같이 도와드리지 못하는 게 마음에 걸린다.

작년에 이어 올해도 부모님께 과수원 전정을 부탁드렸다. 어머니께서는 올해 전정을 할 수 없으니 놉(일꾼)에게 전정을 맡기라는 것이 아닌가. 아버지의 팔이 불편해서 손에 힘을 주는 작업을 하면 통증이 악화할까 봐 걱정하시는 것 같다.

금년엔 전정을 할 수 없다는 어머니의 말씀을 듣고 마음에 그늘이 생겼다. 놉을 구해 품삯을 주고 일을 맡기는 게 썩 내키지 않았기 때문이다. 부모님의 연세가 올해 여든한 살로 연로하지만 건강하신 편이다. 건강하다면 전정하는 데 나이가 장애가 될 수는 없는 것이다.

부모님에게 전정을 부탁하는 이유는 품삯도 드리고, 귀농한 아들에게 물려준 밴돌 감귤원을 직접 가꾸는 보람과 기쁨을 한 아름 안겨 드리고 싶어서이다. 게다가 가만히 집안에 계시는 것보다 소일거리를 제공하여 자주 몸을 움직이는 게 심신의 건강에도 이로운 것이다. 하지만 아버지의 왼쪽 팔에 이상이 생겼다면 더는 어쩔 도리가 없다고 생각했다.

아버지는 6·25 사변이 발발하자 학도병으로 해병대에 자원입대하셨다. 연희동 전투에 참전하여 적과 교전 중 적군이 쏜 총탄이 왼팔을 관통하였다. 왼팔에 총상을 입자 미 군함 치료병실로 후송되어 부서진 뼈 대신 쇠를 집어넣어 봉합수술을 받았다. 제대 후 초등학교의 교사로 17년간 재직하다가 퇴직 후 부상당한 왼쪽팔로 감귤 농사를 지으면서 3남 3녀의 자식을 키웠던 것이다. 당신의 삶 자체가 험난한 우여곡절 속의 파란만장한 인생 드라마란 생각이 든다.

밴돌 감귤원은 비탈진 언덕에 있어 아래 밭보다 지표가 수 미터 정도 높아 과수원 경계 지점을 돌을 쌓아 흙의 유실을 막은 밭이다. 그래서 장맛비가 많이 내리면 수압 때문에 쌓아올린 돌이 무너져 흙이 유실되곤 했다. 푹석 내려앉은 돌담을 쌓아 축대 벽을 보수하는 일은 항상 아버지 몫이었다.

왼팔이 온전치 못한 상태에서도 일꾼의 손을 빌리지 않고 당신 혼자 무너진 돌담을 다시 쌓곤 했다. 밴돌 감귤원에 꿈과 희망을 심는 일을 당신 혼자의 힘으로 해보려는 신념 때문이었는지도 모른다. 당연히 왼팔에 무리가 갈 수밖에. 그 탓인지 나이가 들수록 왼팔의 기능이 떨어지고 자주 통증이 오는 게 아닌가 싶다.

며칠 후 아버지께서 전화가 왔다. 전정을 직접 해보겠다고 한다.

오른팔이 아픈데도 불구하고 전정을 해주겠다는 아버지의 결정에 가슴이 찡해왔다. 마음 한편으론 아픈 팔로 전정하려는 것이 걱정되기도 하면서도 다른 한편으론 마음이 그냥 흐뭇해졌다.

"아버지! 고맙습니다. 전정 기간을 길게 잡아 무리하지 마시고 쉬엄쉬엄 하셔야 합니다."

아들의 전정 부탁을 받고 아버지는 고심을 많이 했을 것이다. 어머니와 서로 상의하고 신중히 내린 결정인 것 같다. 자식에게 한없이 베풀려고만 하는 부모의 마음이다. 지천명이 나이에도 항상 부모에게 의존하기만 하는 자신이 너무 염치없고 부끄럽다는 생각이 밀려왔다.

뭍에 살다가 귀향하여 새 직장을 얻었고, 아내도 전공을 찾아 교편을 잡고 있다. 부모님의 애환과 땀이 듬뿍 배어 있는 밴돌 과수원도 부모님으로부터 물려받았다.

내겐 젊었을 때부터 퇴직 후 고향에 내려가면 농사를 짓고 살아야겠다는 소박한 꿈이 있었다. 흙을 밟으며 땀 흘려 일하고, 해 질 무렵의 불그레한 노을을 바라보면서 노곤한 몸을 이끌고 집으로 돌아오는 모습을 마음속으로 상상하곤 했다. 하지만 막상 고향에 돌아오니 맞벌이 부부로서 젊은 시절 염원했던 꿈을 여태껏 실현하지 못하고 있다.

염원하는 자에게 꿈은 언젠가 이루어지리라 믿는다. 이제 서서히

그 꿈의 실현을 위해 하나씩 준비하지 않으면 안 된다. 일요일엔 부
모님이랑 밴돌 감귤원의 전정을 같이할 생각이다.

6...

목마른 나그네에게 버드나무 잎을 띄워
물을 건네던 옛사람들의 여유가 그립다.

담배

    화단이 담배꽁초로 하얗다. 청소하시는 분이 투덜거릴 만하다. 누군가 차량 재떨이의 담배꽁초를 통째로 화단과 뜰에 버린 모양이다. 번거롭고 귀찮아서인지 곧잘 바닥에 쏟아 부어 주위환경을 더럽히고 있는 것이다.

    복도 바닥이나 아파트 단지 내 도로에도 담배꽁초가 널려 있다. 주워도 그때뿐, 금세 길바닥이 담배꽁초로 또다시 얼룩진다. 주위환경은 아랑곳하지 않고 무심코 버린 담배꽁초를 볼 때면 불쾌하다. 청소하는 사람의 입장에선 담배를 피우는 사람을 욕할지 모른다. 질서를 지키지 않는 소수의 사람 때문에 대다수 애연가가 도매금으로 좋지 않은 취급을 받고 있는 것이다.

십 년 전 담배를 끊은 것이 정말 잘한 일이라는 생각이 든다. 한 번의 금연시도로 담배를 끊은 것은 아니다. 두 번째도 실패로 돌아갔다. 보험회사의 근무 시절 월말마감이 끝나 동료들과 회식이 있었다. 금연을 시도하고 있던 때였다. 2차로 스탠드바에 들러 칵테일을 마시면서 입담배로 한 대 피우는 건 괜찮을 것이라 생각하고 담배 한 개비를 입에 물었다. 그러나 그때 담배 한 대 집어든 것이 다음 날 흡연으로 이어질 줄이야. 자기 자신을 속일 순 없다. 자기와의 싸움에서 자기 자신한테 너무 관대했던 게 문제의 불씨가 된 셈이다. 결국 수개월 담배를 끊고 쌓아올린 공든 탑이 순간의 경솔하고 안일함으로 말미암아 순식간에 와르르 무너지고 말았던 것이다.

대학 시절부터 담배를 피웠다. 내성적인 성격인데다 사회성이 모자라 이성과 대화를 할 때면 늘 애를 먹었다. 여자와 단둘이 마주 앉기만 하면 긴장이 되어 말문이 막혀버리는 것이었다. 긴장되거나 어색할 때에 담배가 도움이 되어 어색함을 풀어나갈 수 있다는 선배의 말을 믿고 담배를 배우게 되었다. 군 시절과 직장에 근무할 때 담배가 부쩍 늘었다. 아마도 사회초년생으로서 받는 스트레스에 익숙하지 않아서일 것이다.

신경성 위염으로 위장약을 계속 복용하였지만 약효가 없어 고생할 때 세 번째 금연을 시도했다. 직원들은 약을 늘 복용하는 내 모습을 보고 무슨 약을 그리 자주 먹을까 의아스럽게 생각할 때였다.

흡연이 소화불량의 원인이라 생각하며 담배를 피우면 죽는다는 비장한 각오를 했다. 주위사람에게 담배를 끊는다고 공언했다. 어렵사리 금연에 성공하자 위염 증상도 사라져 위장약을 먹지 않아도 괜찮았다.

남들은 담배를 끊는 사람이 독하다고 한다. 아편처럼 중독이 돼버리는 담배를 끊는 게 정말 어렵다는 말일 게다. 애연가가 담배와 단절하는 건 서로 사랑하는 남녀 사이를 억지로 갈라놓는 것처럼 어려운 일이다. 반복적인 습관으로 체질화되어 버린 걸 잘라낸다는 게 얼마나 고통스럽고 견디기 힘든 일인가.

담배를 끊는 건 자신과의 끈질긴 싸움이다. 자기 자신에게 철저하게 냉정하여야 한다. 추호라도 자기 자신을 봐줘서는 결심했던 일이 수포로 돌아가기 십상이다.

세 번째의 금연을 시도할 무렵 내가 건강했더라면 금연에 실패했는지도 모른다. 그때 몸이 허약했기 때문에 결연하게 담배를 끊을 수 있었던 게 아닐는지. 금연으로 건강이 회복되었다. 계속 담배를 피웠다면 과연 지금의 건강상태를 유지할 수 있었을까. 그 시절 위염에 시달려 담배를 끊은 것이 약이 되어 지금 건강한 생활을 누릴 수 있는 것 같다. 그래서 인생은 새옹지마인가 보다. 감사하며 과욕을 부리지 않고 소박한 일상에 자족하며 살련다.

착오

"여보세요"

"○○○입니다"

"왜요?"

내 승용차에 같이 탄 K 직원의 전화여서 전화를 잘못한 게 아닌가 싶어 퉁명스럽게 내뱉은 말이다.

"차에 못 탔거든요."

"뭐라고요! 뒷좌석에 같이 안 탔어요?"

시청에서 나무 나눠주기 행사가 있었다. 관리사무소 직원들과 셋이서 행사장에서 받은 나무를 차 뒤쪽에 실었다. 앞좌석에 직원 한 사람이 타자 세 명이 다 탄 줄 알고, 백미러로 확인도 않은 채 무심코 출발해 버린 것이다. 앞 조수석에 탑승한 직원도 뒷좌석에 동료 직원이 함께 탄 것으로 생각하긴 마찬가지였다. 내가 확인을 못 했으면 옆에 앉은 직원이라도 챙겨야 할 텐데, 어처구니없고 황당했다.

혼자만 남겨두고 차를 몰고 가버리는 순간 K 직원의 마음은 오죽 황당했을까. 닭 쫓던 개 지붕 쳐다보듯 고함쳐도 뒤돌아보지도 않고 가버리는 모습을 보며 난감했을 것이다. 혹시 소장이 자기를 골탕 먹이려고 장난친 것은 아닐까 하고 오해를 했을지도 모른다. 사무실로 가는 도중 차를 돌려 다시 시청으로 되돌아갈 수밖에 없는 노릇이었다.

수년 전 대전에 살 때의 일이다. 딸내미를 데리고 아내랑 부산친구 집에 놀러 갔었다. 휴가를 마치고 경부고속도로 귀가하던 중이었다. 승용차를 아내와 번갈아 가며 운전했다. 장거리운전 시 졸음운전을 방지하기 위해서다. 고속도로 휴게실에서 잠깐 쉬었다가 승용차에 타려고 하는 순간 내 차가 출발해버리는 것이 아닌가. "어어, 스톱!" 하고 외치며 달려갔으나, 문을 닫고 달리는 아내에게 들릴 리 만무했다. 아내는 당연히 내가 탄 줄 알고 차를 몰고 가버린 것이다.

눈앞이 캄캄하고 어안이 벙벙했다. 다음 휴게소까지 가기 전에는 U턴도 할 수도 없으니 되돌아오기가 쉽지 않다. 휴게소에서 다른 고속버스를 탑승할 수도 없고, 남편을 놔두고 가버린 아내가 얄미웠다.

아내 탓만 할 수 없는 긴박한 상황이었다. 마른 침을 삼키며 정신을 가다듬었다. 다른 사람의 차를 타고 뒤쫓아 가기로 마음을 정했다. 휴게소에서 출발하는 승용차를 향하여 태워달라고 손을 들었다. 대부분의 운전자들이 그냥 지나쳐버렸다. 그러나 포기할 수 없는 상황이라 인내심을 갖고 계속 손을 들었다. 얼마나 시간이 흘렀을까? 마음씨 좋은 운전자 한 분이 합승을 시켜주는 행운이 찾아왔다. 눈물이 날 정도로 고마웠다. 그분의 차로 반시간 정도 달렸을까. 다행히 갓길에 아내가 차를 세워 비상등을 켠 채 기다리고 있었다. 한도의 한숨을 크게 내쉬었다.

"남편을 버리고 혼자 도망쳐 버릴 수 있나?"

"미안해요. 난 당신이 탄 줄 알았지."

아내는 미안해 어쩔 줄 몰라 했다. 착오로 인하여 실수한 걸 야단칠 수도 없는 일이다. 긴장감이 봄눈 녹듯 풀렸다.

아내는 뒷좌석에 남편이 탄 것으로 생각하고 무심코 출발했단다. 한참 가다가 어린 딸내미가 '아빠가 안보여.' 라는 말에 백미러를 보고 비로소 남편이 차에 없다는 사실을 알았던 것이다.

딸이 알려주지 않았더라면 집에 도착하기 전까지 이산가족이 될 뻔했다. 출발 전에 뒤를 확인했었더라면 이 같은 사건은 발생치 않았을 게다. 으레 남편이 탔을 것으로 착각한 게 문제가 된 것이리라.

만약 아내가 갓길에서 기다리지 않고 고속도로 휴게소에서 방향을 틀어 길이 엇갈렸다면 각자 불안하고 초조한 마음으로 귀가했을지도 모른다. 즐거웠던 휴가기분은 엉망진창이 될 것임은 말할 나위도 없다. 천만다행이다. 남편이 뒤쫓아 올 것으로 판단하고 아내가 갓길에서 기다렸기에 빨리 만날 수 있었다. 절박한 상황에서도 부부는 이심전심으로 통하는 게 있는가 보다.

아무리 바빠도 하늘을 보고, 옆 사람도 보면서 살아야 하는 것이 아닌가. 목마른 나그네에게 버드나무 잎을 띄워 물을 건네던 옛사람들의 여유가 그립다.

밭떼기

　올해 감귤은 해거리 영향으로 풍작이다. 주렁주렁 매달린 열매의 무게를 이겨내지 못하는 듯 나뭇가지들이 능수버들처럼 아래로 휘어지고 감귤 밭이 온통 노란빛으로 곱게 물들어 가고 있다. 파란 가을 하늘 아래 노란빛 일색의 아름다운 풍경이다. 시청 공무원들의 감산을 위한 열매솎기 농가지원도 거의 마무리 되고 이제 수확 철이 찾아온 것이다.

　작년에 이어 올해도 감귤을 직접 거둬들이고 싶었다. 몸이 고단하고 힘들어도 일 년 농사에 대한 풍성한 수확의 기쁨을 듬뿍 누리고 싶었기 때문이다. 감귤 수확은 강가에서 낚시하는 강태공처럼 세월을 낚는 일이다.

가을의 따스한 햇살을 맞으며 감귤을 수확할 때엔 똑똑 가위 소리만 들린다. 감귤을 딸 때에는 무심 그 자체에 흠뻑 젖어 뇌가 휴식을 취하는 시간이다. 머릿속이 텅 빈 것만 같다. 세상사에 시달리는 뇌의 활동을 잠시나마 멈추게 하는 것도 건강을 위해서 좋은 일이라고 생각한다. 좌우도 돌아볼 여유 없이 오로지 앞만 보고 살아가는 세상, 잠시 일상을 잊어버리고 감귤을 따면서 몰아지경에 빠져보는 것도 좋을 성싶다.

점심시간에 일꾼들과 둘러앉아 먹는 점심도 맛있고, 노곤한 몸을 이끌고 저녁노을을 바라보며 집으로 돌아올 때면 잔잔한 행복의 물결이 살포시 밀려온다.

농사를 짓는 것만큼 보람 있고 행복한 일이 이 세상 어디에 흔하게 있으랴. 생명의 씨앗을 뿌리고 가꾸고 추수하는 일은 어쩌면 숭고하고 경이로운 일이다. 육신은 힘들어도 마음만은 보람이 영글고 넉넉해지는 것이 농사짓는 일이다.

농사짓기도 자식을 키우는 것처럼 끊임없는 사랑이 필요한 것 같다. 정성과 관심을 쏟은 만큼 풍성한 결실을 얻을 수 있는 것이 농사이다. 감귤나무와 대화를 자주 나눌수록 품질이 좋은 과일을 생산할 수 있다. 그래서 애착이 가고 신경이 더 쓰인다. 풍성한 결실은 뿌린 대로 거두는 땀의 대가이기도 하다. 땀을 흘리며 감귤을 수확하는 일은 농부의 마음을 풍요롭고 행복하게 한다.

사람도 나무도 사랑이 없이는 살 수 없는 것인가 보다. 사랑이 충만한 가정은 행복이 감돌고 사랑이 결핍한 가정은 불행이 스며든다. 사랑하고 사랑받으며 더불어 사는 게 인생의 참모습이 아닐까 싶다.

어머니가 지병으로 병원에 입원하게 되었다. 올해로 팔순을 맞이하셨다. 30년 동안 당뇨병으로 시달리면서도 오직 부지런함 하나로 지금까지 잘 견뎌 오신 것이다. 두 차례 위험한 고비를 용케 잘 넘기셨다. 이번 고비도 잘 넘겨 제대로 효도할 수 있는 시간을 달라고 간절히 기도했다.

어머니의 입원으로 마음이 천근만근 무거워졌다. 여태껏 부모님의 도움 덕택으로 직장 근무를 하면서도 감귤을 직접 수확할 수 있었기 때문이다. 그동안 감귤 밭에 농약을 살포할 때마다 부모님이 일꾼의 일을 거들어 주었다. 장남으로서 소일거리를 드리고 싶은 마음에서 감귤원 관리를 부모님께 맡겼지만, 이제 연로하신 부모님에게 더 이상 의지할 수 없는 상황이 되어버린 것이다.

부모님의 도움을 기대할 수 없는 현실에서 감귤수확방법이 고민이 되었다. 직접 수확을 하느냐 밭떼기로 팔아버리느냐 둘 중에 하나를 선택해야만 한다. 한참이나 망설였다. 맞벌이 부부라 품앗이를 할 수 없으니 감귤을 따는 일손을 구하기란 여간 어려운 일이 아니다. 냉엄한 현실을 직시하고 직접 수확하려는 미련을 과감히 떨쳐버려야 된다고 생각했다. 직장 생활을 하면서 직접 수확하는 것은 누가 봐도 무리이다. 좀 손해를 보더라도 상인에게 밭떼기로 넘기는 것이 여건에 맞는 현명한 판단이 될 것 같았다.

직접 수확을 하고 싶은 마음을 접고 포전거래를 하기로 결심했다. 이왕 결심했으면 바로 실천에 옮겨야 한다. 세 상인에게 연락하여 밴돌 과수원으로 안내했다. 한 상인에게 바로 계약을 해버리면 공들인 한해 농사가 더 손해 보기 십상이다.

후회하지 않기 위해서라도 조급해서는 안 된다. 세 분 상인에게 연락을 하고 시간을 끌었다. 그 중 한 상인과 1,500만 원에 계약을 체결하였다. 원가를 차감하면 700만 원 정도의 순이익이다. 직접 수확의 수익에 비해서 턱없이 적은 액수이지만 직장을 다니면서 가계에 보탬이 되는 값진 소득이다.

계약체결이 되었지만 계획대로 열매가 빨리 익도록 착색촉진제를 살포해 주었다. 밴돌 감귤을 밭떼기로 구입한 상인도 이익이 남아야 판매한 농부의 마음이 편해질 터이다.

올가을은 직접 수확을 해야 한다는 부담감에서 벗어나게 되어 마음이 홀가분하다. 친족 분들의 감귤 수확을 도울 수 있는 여력도 생겼다. 하지만 일 년 동안 땀 흘려 지은 농작물을 자기 손으로 직접 수확하는 기쁨을 만끽할 수 없는 게 한 가닥 아쉬움으로 남는다.

키스 방

참 희한한 세상이다. 서울에 키스 방이 생겼다고 한다. 키스 방은 돈을 받고 남자 손님에게 키스를 해주는 곳이다. 경우에 따라서는 상체 스킨십까지도 허락한다고 하니 별난 직종임에 틀림없다. 돈을 받고 성을 제공하는 곳이 있다는 이야기는 자주 들었지만, 돈을 내면 키스를 제공하는 데가 생겼다는 소식은 생소하고 뜻밖이다.

사랑하는 남녀 사이의 키스는 서로 사랑을 표현하고 확인하는 행위이다. 사랑하지 않은 사이에서도 돈만 주면 은밀한 방에서 이루어지는 남녀 간의 키스 행위는 쉽게 이해되지 않는다. 아무리 성이 개방되고 물질 만능이 넘치는 시대라 해도 돈으로 키스를 사고파는 행위는 준매춘 거래이다. 이게 비화되어 성 도덕의 몰락으로 이어지지 않을까 두려운 마음이 든다.

　문제의 심각성은 키스 방에서 일하는 여직원의 대다수가 여대생이라는 점이다. 캠퍼스에서 싱그러운 젊음을 발산할 인생의 황금기이다. 꿈과 낭만을 펼치고 자아를 실현할 중요한 시기에 단지 힘들지 않고 쉽게 벌 수 있다는 이유만으로 키스 방에 나간다는 것이다. 등록금에도 보태고 용돈도 넉넉하게 쓸 수 있는 것이 키스 방 아르바이트를 하게 된 동기라니 금전만능이 판치는 요지경 세상에 사는 것만은 부인할 수 없는 현실이다.

　육체적인 쾌락과 물질우선주의가 팽배한 세상이다. 아무리 돈 벌기가 수월하다고 해도 양심의 가책을 느끼지 않고 몸을 파는 비도덕 행위를 할 수 있다는 것이 과연 건전하고 온당한 마음일까.

　현대인들은 분주한 삶을 살아간다. 연애할 시간도 없을 만큼. 그러나 이젠 고민할 필요가 없게 되었다.

　시간이 없어도 돈만 있으면 다 해결되는 가슴이 메마른 세상인 것 같다. 이제 사랑 때문에 고민하거나 애가 탈 이유도 가슴의 두근거림도 서서히 자취를 감추고, 성적 욕구나 사랑도 돈만 있으면 즉석에서 구입할 수 있는 인스턴트 연애 시대가 도래된 것만 같아 씁쓸한 생각이 들기도 한다.

　그러나 아무리 인스턴트 사랑이 난무한다 해도 순수하고 진정한 양심은 남아 숨 쉬고 있어야 인간 상실의 시대에서도 조그만 행복의 씨앗을 심고 가꿀 수 있지 않을까.

　서울에 생긴 키스 방이 노래방처럼 전국으로 번지지 말았으면 좋

을 것이다.

경솔한 구인

    내가 근무하고 있는 아파트의 미화원 새댁은 베트남이 친정이다. 남편과 시어머니를 모시고 1개월 동안 고국에 다녀온단다. 미화원의 한 달간 휴직은 근로계약서에 허용된 사항은 아니다. 하지만 업무 특성상 휴직을 승인해 주기로 했다. 그가 자리를 비우는 동안 다른 사람이 한 달간 수당을 받고 대신 일할 수 있다면 별문제가 없고, 언어와 문화가 다른 타국에 시집와서 고생하고 있는 새댁을 인간적으로 도와주고 싶었다.

    한 달간 근무할 미화원을 채용하기 위하여 구인광고를 냈다. 이튿날 첫 구직자가 사무실을 방문했다. 신상명세서를 작성하게 한 후 면담을 했다. 한시적 채용이기 때문에 아무나 뽑아도 괜찮을 거라고

가볍게 생각했다. 일할 수 있는 기본적인 자세는 갖춘 것 같아 근로
조건을 알려주고 구직자의 생활환경, 태도와 근로 의지 등은 간과한
채 채용하기로 했다.

그런데 면담이 채 끝나기 전에 두 번째 구직자가 사무실에 도착했
다. 첫 구직자가 자리에 있는데 두 번째 사람을 면담하려니 입장이
난처해졌다. 물론 첫 방문자를 돌려보내고 나서 두 번째 방문자를
면담하면 그만이다.

이미 첫 방문자를 채용하기로 마음속으로 정하고, 그녀에게 합격
된 것처럼 이야기를 많이 진행해 버린 상황이었다. 두 번째 구직자
에게 좀 미안한 생각이 들었지만, 선착순으로 결정되었다고 냉정하
게 말하고 그녀를 되돌려 보내고 말았다.

미화원 새댁을 불러 새로 온 사람에게 청소 담당구역을 알려주고
청소업무를 인계하라고 했다. 그런데 잠시 후 기막힌 일이 발생할
줄이야. 청소 업무를 인수한 구직자가 일을 못하겠다는 것이었다.
겪어 보기 전엔 알 수 없는 게 사람의 마음인가 보다. 면담할 땐 어
떤 일이든지 맡겨만 주면 잘할 수 있다고 장담해 놓고, 인수하고 나
서 갑자기 일을 못하겠다니 무책임한 사람이란 생각이 들었다. 두
번째 구직자를 면담도 하지 않고 그냥 돌려보낸 것이 몹시 후회스러
웠다.

한 번 마음을 정해 버리면 융통성이 부족한 게 내 흠이다. 정직을

뽑는 자리도 아닌데 까다롭게 구인을 할 필요가 있을까 싶어 첫 구직자를 단번에 낙점해 버린 경솔함과 다른 상황이 발생하였을 때 재빠르게 대처할 수 있는 유연성의 부족이 문제를 해결하는 데 걸림돌이 되었다.

합격 여부를 바로 결정하지 말고 두 번째 방문자를 일단 면접은 해야 마땅했다. 두 사람을 동시에 면담하는 방법도 고려해볼 수도 있다. 면접 후 신중하게 생각하여 합격자를 결정하고 추후에 연락해 주는 것이 인선의 정도라는 생각이 든다.

면담 후 그 자리에서 채용 여부를 결정해 버린 것은 경솔하고 성급한 행동이다. 즉흥적이고 감성적인 접근은 신중하지 못한 결정으로 이어져 계획에 차질을 빚는다. 두 번째 구직자는 취업 기회를 잃었고, 나는 일 할 사람을 다시 찾아야 한다. 마음의 여유와 신중한 자세가 얼마나 중요한가.

제비야, 생각을 바꿔보렴

I.

신록이 짙어가는 5월 어느 날 아침 제비 한 쌍이 우리 집 처마에 찾아 왔습니다. 그리운 사람과의 해후처럼 가슴이 쿵쿵거렸습니다. 인생의 환희가 미소 띤 얼굴로 다가왔습니다. 이번엔 우리 집에 보금자리를 틀 것 같은 좋은 예감에 마음이 설렜습니다.

수컷은 망을 보고 암컷은 처마 밑에 둥지를 틀려고 들랑거리고 있습니다. 타일 벽에 정성껏 지은 제비집이 허물어져 새끼가 떨어진 지 5년이 지나서 다시 찾아온 것입니다. 제비집이 허물어져 처마 밑 타일 바닥으로 새끼가 떨어져 죽었을 때 제비 한 쌍이 울부짖던 처절한 비명 소리가 지금도 뇌리에 선명하게 남아있습니다 제비는 가족애가 돈독한 날짐승이랍니다. 마치 사랑하는 자식이 다친 것처럼 가슴이 쓰리고 아팠습니다. 세상에서 가장 소중한 것이 생명이기 때문입니다. 우리 집 처마 밑에 둥지를 틀어 친해져 버린 제비가 가여워서입니다. 새 생명이 태어나고 자라나는 정겨운 모습을 볼 수 없기 때문입니다. 아기 제비와 어미 제비가 속삭이는 다정스런 웃음소리를 들을 수 없기 때문입니다. 궁리 끝에 허물어진 제비집 옆에 합판 받침대를 부착해 놓았습니다. 그러나 제비는 그러한 내 마음을 아는지 모르는지 그날 이후 모습을 드러내지 않았습니다. 그런데 5년 만에 제비가 찾아와 내가 설치해 놓은 받침대 위에 집을 지으려고 기웃거리고 있는 것입니다. 제발 이번에 포기하지 않고 그 장소에 둥지를 틀었으면 좋겠습니다.

생명은 그 무엇과도 바꿀 수 없는 아름답고 소중한 것입니다. 우리 집 처마에서 소중한 새 생명이 태어나는 걸 보고 싶었습니다. "제비야~ 이번엔 꼭 우리 집에 보금자리를 마련해야 해."

Ⅱ.

이튿날 오후 퇴근하고 대문 앞에 들어서는데 처마 밑 받침대에 앉아 있던 어미 제비가 나와 시선이 마주치자 쏜살같이 날아가 버리는 것이었습니다. 순간 이상한 예감이 번쩍 스쳐갔습니다

예민하고 세심한 제비의 성격에 혹시 집을 짓는 걸 사람에게 들켜

두려운 나머지 도망가는 것이 아닌가 싶었습니다. 그 예측이 맞는다면 제비가 다시 돌아오지 않을 가능성이 커집니다. 혹시나 하는 생각에 긴장감이 감돌았습니다. 불행하게도 염려했던 대로 다음날부터 제비가 보이지 않았습니다.

제비가 지지배배 지저귀는 소리를 가까이에서 아침저녁으로 들을 수 있다는 기대감이 여지없이 무너지고 삶의 희망이 가시는 듯했습니다. 마음이 우울해지고 설렘이 사라져버렸습니다

Ⅲ.

제비는 까다롭고 과민한 성격인 것 같습니다. 작년 말에 페인트를 칠한 게 제비 마음에 걸림돌이 된 것이 아닌가 싶습니다. 페인트엔 제비집이 잘 붙지 않습니다. 받침대 위에 지으면 안전할 터인데 제비는 그것을 모르는 모양입니다

제비의 숫자가 해를 거듭할수록 적어지고 있습니다. 이제 천연기념물로 지정해야 한다는 말까지 나오고 있습니다. 초가집이 사라지고 외벽이 타일이나 페인트를 칠한 집이 늘어나는 게 제비의 수가 적어지는 주된 이유 중의 하나랍니다.

제비는 사람 사는 집에만 둥지를 트는 습성을 가진 동물입니다. 천적으로부터 새끼를 보호하기 위해서입니다. 시대의 변천에 따라 고정관념이나 사고도 바뀌어 나무에도 둥지를 틀 수 있으면 좋을 텐

데, 그러지 못하는 고지식한 제비가 못내 안타깝기 그지없습니다.

Ⅳ.

고지식한 사람은 성실한 편이지만 대개 아집이 강하고 융통성이 없는 게 흠입니다. 인간관계가 원만하지 못하기 때문에 주위에 사람이 적습니다. 당연히 고독하고 외로움을 많이 느낄 수밖에 없습니다.

내 생각과 다르더라도 자기 고집만 내세우지 말고 타인의 생각을 존중하고 상대방의 입장에서 한 번 생각하여 포용하고 이해하는 아량이 필요합니다. 그런데 그게 마음대로 잘 안 되는가 봅니다.

한번 형성된 성격을 고치는 것처럼 힘든 일이 어디에 있을까요. 성격을 바꾼다는 건 어쩌면 불가능한 일인지도 모릅니다. 그러니까 고쳐주려고 애쓸 필요가 없는 것이죠. 스스로 깨달아 변화할 때까지 차분히 기다릴 수 있는 여유와 인내가 필요한 것 같습니다. 이것은 상대방의 마음을 상하게 하지 않고 인간관계를 원활하게 하는 요소가 되지 않을까 싶은 생각이 듭니다.

성격이 과민한 사람은 행복을 느끼는 시간이 적어지고, 삶의 질도 떨어집니다. 자기 자신이 행복한 줄도 모르고 소중한 시간을 그냥 흘러 보내버리기 때문입니다. 고정관념에 묻혀 변화를 싫어하는 제비도 불행한 존재인 것 같아 애처로운 생각이 듭니다.

그래도 제비가 마음을 바꿔 다시 찾아올 때까지 처마 밑 둥지 받
침대를 그대로 둔 채로 차분히 기다릴 겁니다.

'제비야, 제발 생각을 바꿔보렴.'

제비 · 1

제비 한 쌍이 우리 집 처마 밑에 둥지를 틀려고 집 주위를 배회하고 있다. 수컷은 망을 보고 암컷은 출입문 바로 위에 보금자리를 만들기 위해 진흙과 마른 풀 잎사귀를 물어 나른다. 사람이 출입하지 않는 쪽의 처마를 택해 집을 지었으면 좋으련만 제비 부부는 이런 내 심정은 아는지 모르는지 현관문 위쪽 집짓기에 여념이 없다. 그래 집을 짓는 장소는 당사자인 제비 부부가 선택하는 것이다. 제비의 선택을 내가 바꿔 줄 수는 없을 테고 그냥 선선히 수용할 수밖에 없다고 생각했다.

그동안 부모님 댁엔 매년 제비 가족이 찾아와 집을 짓고 새끼를 낳았다. 올해도 어김없이 날아와 출입문 바로 위에 둥지를 짓기 시작했다. 제비 똥이 밑으로 떨어지면 지저분해진다며 지은 지 얼마 안 된 제비집을 어머니는 막대기로 허물어버렸다. 청천벽력같은 화를 당한 제비가족으로선 한동안 넋을 잃었을 것이다. 그날 이후 제비의 모습은 자취를 감췄다. 집짓는 것을 포기하고 그동안 정들었던 부모님 댁을 떠났다.

부모님은 아랫동네에서 살고 있다. 우리 집에 찾아온 제비 한 쌍이 혹시 부모님 댁에서 쫓겨난 제비가족이 아닐까 싶은 생각이 들었다. 제비는 눈치가 빠른 날짐승이다. 호의를 베풀 거라는 낌새를 알아채고 새 보금자리로 우리 집을 선택한 건지도 모른다.

제비가족의 방문은 반가운 손님을 만난 것처럼 나를 기쁘게 했다. 새끼제비가 태어나서 성장하는 동안 아침저녁으로 생명의 합창소리를 들을 수 있기 때문이다. 생각만 해도 가슴이 설레고 기분 좋은 일이다.

부모 새가 먹이를 갖다 줄 때마다 새끼 제비들이 서로 먼저 먹이를 먹으려고 입을 벌려 지저귀는 모습은 엄마 젖을 빨며 배냇짓하는 갓난아기처럼 사랑스럽고 귀엽다. 새 생명의 탄생만큼 아름다운 것이 이 세상에 또 있으랴. 새끼가 예쁘고 귀여운 것도 종족을 보존하기 위한 신의 섭리가 아닐까 싶다.

그런데 제비 한 쌍이 우리 집 현관에 집을 짓기 위하여 날아온 지 열흘이 지나도 별 진전이 없다. 입에 마른 풀잎과 진흙을 물고 타일 벽에 붙이려고 아무리 애를 써도 허탕이다. 타일 벽에는 진흙이 잘 붙지 않아서이다. 그러나 무모한 제비는 포기할 줄 모른다. 백번 찍어 안 넘어가는 나무가 없는 줄 아는지 줄기차게 도전한다. 저러다가 알을 낳는 시기를 넘기지나 않을까 걱정이다. 이곳에 집을 짓지 못하면 다른 곳을 찾아야 할 텐데 마땅한 곳이 없는 것일까, 아니면 한 번 점을 찍으면 일편단심 한 곳에만 집착해버리는 성격 탓일까. 참 고지식한 날짐승이다.

내가 알고 있는 분 중에 소처럼 근면하고 성실하면서도 융통성이 없고 고지식한 사람이 있다. 한 가지 일을 처리하는 도중 갑자기 다른 급한 일이 닥쳐도 먼저 시작했던 일을 멈추려 하지 않는다. 먼저 생긴 일을 다 끝마치고 나서 나중에 생긴 일을 처리하려는 것이다. 빨리 수습을 하지 않아도 되는 느긋한 일이라면 그런대로 괜찮을 테지만, 돌발적인 상황이라면 바로 대응하지 못할 경우 의외의 방향으로 비화될 수도 있다. 첫 번째 일을 중단하고 두 번째의 시급한 일을 먼저 처리하는 게 지혜로운 행동일 텐데, 기어 변속이 안 되는 그를 보노라면 가슴이 답답해져 짜증이 나곤 한다.

세상의 일들은 한 가지 방법으로 시도하다 안 되면 다른 방도를 찾아야 합리적이다. 전투에서도 공격하다가 불리하면 후퇴하여 재충전한 다음 전술을 바꿔 다시 공격해야 승산이 있는 것이다. 전세가 불리한데도 무모하게 시종일관 한 가지의 전술로만 계속 공격한다면 아군의 전력만 손상되고 결국 패인이 될 수도 있다.

제비는 한번 마음을 주면 일편단심의 변치 않은 사랑을 쏟고 처음 보금자리로 선택한 장소에 집착이 강한 새이다. 무모한 도전을 계속 방관할 수는 없는 터이라 제비를 도와줄 방도를 찾았다.

'철물점에서 밑에 받쳐줄 재료를 구해 벽에 붙여 줄까?'

이런 저런 궁리 끝에 나무판자를 네모로 잘라 제비가 달라붙는 처마 밑 타일 벽에 대고 못을 박았다. 판자는 제비가 물어오는 흙이나 마른 풀이 잘 붙을 거라 생각했다. 망치 소리를 듣고 제비 한 쌍이 처마 밑으로 날아왔다. '지지배배' 지저귀는 소리가 비명을 지르는 듯 날카로웠다. 혹시 둥지 지을 곳을 파괴하는 것으로 오인한 건 아닐까 싶은 생각이 퍼뜩 뇌리를 스쳤다.

'왜 우리가 점찍어놓은 보금자리를 없애려고 해요.' 라고 소리치며 항의하는 것 같았다.

'아차! 내가 조급했구나. 제비가 강남으로 떠나 이곳에 없을 때 판자를 벽에 박을 걸.'

만약 제비 부부가 해칠 것으로 오해하여 다시 찾아오지 않으면 어떻게 할까? 시름시름 속을 태웠다. 이왕 저질러 놓은 걸 후회해도 어찌할 수 없는 노릇이다. 나는 마음속으로 되뇌었다.

'난 너희를 도와주려는 거야. 우리 집 처마 밑에 너희가 살 집을 짓는다면 반가운 손님으로 특별대우를 하련다. 바닥에 신문지를 펼

처놓아 똥이 떨어지면 치울 것이고, 너희가 놀라지 않게 현관문도 살금살금 열고 닫으려고 해.'

내 진심을 아는지 모르는지 오해를 가슴에 품고 어디론가 떠나버린 제비 부부는 그 이후 우리 집에 나타나지 않았다.

제비 · 2

　이른 아침 싱그러운 제비 소리에 잠이 깨어 창문을 열었다. 제비 두 마리가 현관문 바로 위 외벽에 달라붙어 지저귀고 있었다. 너무 반가워 가슴이 뛰었다. 그 장소는 작년 제비 한 쌍이 집을 지었던 바로 그곳, 다시는 발도 들여놓지 않으리라 여겼던 제비가족이 다시 찾아왔기 때문이다.

　작년 이맘쯤 제비 한 쌍이 우리 집에 찾아왔다. 한 마리는 전깃줄에 앉아 망을 보고 다른 한 마리는 흙과 마른 풀잎을 물고 와 집짓기를 시도하였다. 타일 벽에 흙 붙이기가 여간 어려운 것이 아니었다. 집을 지어놓으면 허물어지고 다시 지으면 또 떨어지기를 반복했다. 그래도 미련하리만치 집착이 강한 제비 부부는 포기하지 않고 집짓기 작업을 계속하였다.

한 번 시도해서 실패하면 좌절한 나머지 재도전을 포기해 버리는 사람들이 얼마나 많은가. 서너 번의 실패에도 물러서지 않고 피눈물 나는 노력을 쏟은 결과 어렵사리 집이 완성되었다. 그 집에 사랑의 결실인 알을 낳고 어미새는 온종일 알을 품었다. 타일 벽에 지은 집이라 다시 허물어지면 어쩌나, 아장아장 걷는 아기의 엄마처럼 조바심이 생겼다. 제발 무사하기를 두 손 모아 빌었다.

아니나 다를까 어미 제비가 알을 품은 지 며칠이 지난 어느 날 아침 제비의 날카로운 비명에 놀라 밖에 나와 보니 제비집이 떨어져 알이 산산조각이 나 있는 것이 아닌가. 가슴이 철렁 내려앉았다. 제비 부부가 처마 밑에서 넋을 잃은 채 이리저리 날아다녔다. 알을 품은 엄마 제비의 하중을 이기지 못하고 제비집이 무너져 내린 것이다.

알을 낳은 후 어미 제비가 없는 틈을 타서 안전망이라도 설치해 주지 못한 것이 후회스러웠다. 가슴이 미어졌다. 그때 제비 부부가 피를 토할 듯 울부짖었다. 그 후 제비 부부는 집 근처에 얼씬거리지도 않았다. 두 번 다시 우리 집을 찾아오지 않으리라고 생각했었다.

그런데 제비 한 쌍이 다시 찾아왔으니 얼마나 기쁘고 반가운 일인가.

'지난 상처를 잊어버린 걸까. 아니야, 그럴 리가 없어. 그러면 다

른 이유가 또 있는 것일까.'

'그렇지, 집을 지을 곳이 없기 때문일 거야. 다시 찾아오고 싶지 않았지만 세월이 약이라고 아픈 상처가 어느 정도 아물고 우리 집 말고는 집을 지을 마땅한 장소가 없는가 보다.'

제비의 숫자가 해를 거듭할수록 줄어들고 있다. 농약으로 인한 오염과 토담집이 사라져 집 지을 장소가 적어지고 있기 때문이다. 앞으로 제비들이 생존할 수 없는 오염된 세상에 과연 인간도 살 수 있을 것인가.

제비는 천적으로부터 보호받으려고 사람이 살고 있는 집에만 집을 짓는 특성이 있다. 다른 새들처럼 나무에도 집을 지으면 좋으련만 유독 사람이 사는 집만 고집하고 있어 종족보존에 문제가 되고 있는 것이다. 고정관념에 사로잡히면 환경이 변하거나 돌발 상황이 발생했을 때 대처능력이 뒤처질 수밖에 없나 보다.

다시 찾아온 제비 부부가 이 장소에 집을 짓고 알을 낳는다면 작년과 같은 사고가 재발할 가능성이 높을 것이다. 사고를 미리 방지해야지 사고 후 외양간 고치는 우를 범해서는 안 된다. 제비부부가 안전하게 알을 낳고 새끼를 키울 수 있는 좋은 방법이 없을까? 나에게 갑자기 새로운 고민거리가 생겼다. 신통치 않은 머리로 별별 궁리를 다해 보았다. 궁하면 통한다. 문득 묘안이 떠올랐다.

'옳지, 제비집 밑에 받침대를 설치해 주는 거다.'

합판을 구해 톱으로 직사각형의 조각을 두 개 만들고 서로 맞대어 못을 박아 기역자 틀을 만들었다. 제비집 바로 밑에 이 받침대를 실리콘으로 부착하면 집이 추락하는 것을 방지할 수 있다. 그렇지만 집을 짓고 알을 낳기 전에 받침대를 부착하면 해칠 것으로 오해하여 다른 곳으로 날아가 버릴 가능성이 있다. 제비가 집짓기를 여러 차례 실패하더라도 조급하게 서두르지 말고 집을 완성하여 알을 낳을 때까지 차분히 기다리는 게 상책이다. 알을 낳은 후에 받침대를 붙이면 사람이 만든 시설을 싫어하는 습성이 있다 하더라도 설마 새끼를 포기할 수 없을 게 아닌가. 어쩔 수 없이 보금자리로 인정하여 다른 곳으로 이동하지는 못할 것이다.

제비는 사람을 두려워하지 않고 사람에게 가까이 다가서는 날짐승이다. 집에 사람이 없을 땐 제비가 보이지 않다가 인기척이 보이면 금세 보금자리로 점찍은 현관문 위로 날아온다. 제비가 사람들에게 사랑을 받는 이유가 바로 여기에 있는 것이 아닐까.

제비의 고향은 강남이 아니라 제비가 태어난 곳이다. 제비가 새끼를 낳고 기를 때 지저귀는 합창 소리를 들을 때면 삶의 의욕, 보람, 희열을 느끼곤 한다. 이 세상에 자식을 낳고 훌륭히 키우는 것만큼 가치 있고 소중한 것이 또 어디에 있으랴.

나는 마음속으로 중얼거렸다.

'제비야, 집짓기를 절대 포기하지 말고, 꼭 이곳에 집을 지어야 해.'

제비 · 3

문학동아리 정기 모임이 있어 모 회원 댁을 찾아갔을 때였다. 외벽이 벽돌로 된 그 집의 처마엔 제비집이 여러 채 지어져 있었다. 마침 어미 제비 한 마리가 마른 풀잎을 물고 와선 정성스레 둥지 마무리 작업을 하고 있는 것이 아닌가.

행복에 겨운 제비의 평화로운 모습에 고향에 온 것처럼 가슴이 포근해졌다. '우리 집엔 한 채의 제비집도 완공하지 못했는데 이곳은 제비집이 여섯 군데나 지어져 있으니, 이 집은 어쩌면 우리 집보다 여섯 배의 복을 받을 집이로구나.' 하는 부러운 생각이 잠시 스쳐 지나갔다. 물론 우리 집도 제비집 지을 장소론 안성맞춤인 곳이지만 외벽이 타일로 제비가 물고 온 흙이 잘 붙지 않아 한 채의 제비집도 짓지 못했기 때문이다.

며칠 전부터 제비 한 쌍이 이른 아침 우리 집에 찾아와 집짓기를 서너 차례나 시도하였다. 그때마다 제비가 물고 온 흙이 타일 벽에 붙질 않아 밑으로 떨어지기만 했다.

급한 성격에 애간장을 태웠다. 속이 타서 마냥 쳐다보며 기다릴 수가 없었다. 사람 손이 닿는 걸 싫어해서 알을 낳을 때까지 참아야 한다는 걸 알면서도 미리 만들어 두었던 받침틀을 제비가 집을 짓는 바로 밑에 실리콘으로 붙여 주었다.

작업을 하는데 언제 알아챘는지 제비 한 쌍이 쏜살같이 날아와 집 주위를 이리저리 돌면서 소리를 질러댔다. 자기 보금자리를 해치는 것으로 오해한 나머지 항의하러 온 것 같았다. 아차, 싶었다.

"왜 우리가 선점한 곳을 침범하는 거예요?"

"그게 아니야, 너를 해치려는 것이 아니라 도와주기 위해 이러는 거야."

순진한 소년처럼 제비가 내 마음을 이해하여 주리라 믿었다. 내가 얼마나 제비를 좋아하는지 얼마나 도움을 주고 싶어 하는지 알아주기를 빌었다.

'비록 날짐승이지만 정성이 지극하면 이심전심으로 통해 설마 집 짓기를 포기하지는 않겠지.' 라고 생각했다. 그러한 내 마음은 무시한 채 제비부부는 어디론가 날아가 버렸다.

급한 마음에 집 짓는 곳 바로 밑에 받침틀을 붙인 것이 제비의 입장에선 보금자리를 해치려는 것으로 오해하여 우리 집에서 멀리 떠나버린 것이다. 제비의 습성을 모르는 바가 아니었으나, 성급한 마음이 화를 부른 것 같았다. 온몸에서 힘이 쭉 빠져나갔다. 우둔한 내 행동이 정말 미웠다. 사람의 도움을 싫어하는 제비의 고정관념이 바뀔 수도 있다고 예단한 것 자체가 애당초 잘못된 판단이었던 것이다.

고정관념이나 선입관이 문제가 되는 게 유독 제비뿐일까. 사람도 마찬가지일 때가 많다. 이것 때문에 올바른 판단을 못 하거나 새롭게 도전할 기회를 놓칠 때가 종종 발생하는 것이 인간사이다. 항상 마음의 창문을 열고 다른 가능성, 다른 의견, 다른 방법을 수용할 수 있는 유연한 사고가 필요하다.

꼭 이렇게 해야만 된다는 독단적인 생각을 버리고 달갑지 않는 다른 사람의 충고도 받아들일 줄 아는 자세가 문제를 해결하는 데 도움을 준다. 때론 소신이 필요할 때도 있지만, 아집이나 편견에 사로잡혀 남의 생각을 무시하고 타인의 입장을 고려하지 못하면 문제 해결이 더뎌진다.

길들여진 습관이나 한 번 굳어진 생각을 바꾸는 것이 필요하다고 느끼면서도 실제로 행동에 옮기려면 불가능하다고 느껴진다.

일을 성공적으로 추진하기 위해선 타이밍도 중요하다. 적당한 시기 포착이야말로 성공의 관건 중의 하나이다. 알을 낳을 때까지 느긋하게 참지 못하고 너무 일찍 서둘러 받침틀을 설치한 것이 실패의 원인이 되어 버린 걸 보면 말이다.

제비의 습성을 알면서 왜 끝까지 기다리지 못했을까. 상대를 무시하고 내 입장에서만 생각했다. 상대를 알았으면 상대의 입장에서 접근해야 하는데도 조바심과 조급증이 일을 그르치게 한 셈이다.

이젠 후회해도 소용이 없는 일, 내년을 기대할 수밖에 달리 도리가 없다. 그러려면 제비의 생각이 바꿔지기를 기다리기보다 차라리 내 생각을 먼저 바꿔 행동에 옮기는 것이 지혜로운 일이다. 그것은 제비가 집을 지을 수 있는 여건을 만들어 주는 일이라 생각한다.

타일 외벽을 현관문 쪽만이라도 흙이 잘 붙는 벽돌로 일부 바꿔보는 거다. 그래야 올해는 제비가족이 오지 않는다 해도 내년에 제비가 다시 온다면 쉽게 집을 지을 수 있을 게 아닌가. 나는 여전히 제비를 기다린다.

제비·4

아빠 제비는 건너편 전깃줄에 앉아 망을 보고 엄마 제비는 둥지에 앉아 집짓기를 준비하고 있다. 잠시라도 떨어져 있으면 큰일이라고 날까 봐 참으로 금실이 좋은 제비 부부이다.

마침내 처마 밑 받침대 위에 제비 부부가 집을 지을 채비를 서두르고 있는 것이다. 다시 벅찬 설렘으로 가슴이 두근거린다. 제비가 우리 집을 떠난 지 6년이란 세월이 훌쩍 흘러간 시점에 다시 찾아와, 안 되는 줄로만 여겼던 인공구조물 위에 보금자리를 마련하고 있으니 그 자체가 나에겐 일생일대의 주요사건이다.

제비 한 쌍이 수십 차례 날아와 확인에 확인을 거듭하고 나서 집짓기 작업을 시작했다. 돌다리도 두드려보고 건너는 마음으로 사랑의 보금자리를 틀 장소의 선정에 신중을 기하는 것 같았다. 이번에도 집짓기를 진행하다가 중도에 포기하고 떠나버리면 어찌하나 가슴이 조마조마하기만 하다.

6년 전 제비 부부가 처마 밑 타일에 집을 짓고 알을 낳았다. 알의 무게를 지탱하지 못하고 집이 무너져 내리는 바람에 알이 바닥에 떨어져 산산조각이 나는 사건이 있었다. 불행한 사고로 자식을 잃어 슬픔에 잠긴 제비가족의 수난을 보면서 마치 내가 사고를 당한 것처럼 가슴이 쓰렸었다.

안타까운 사고를 겪은 후 궁리 끝에 합판을 잘라 만든 받침대를 처마 밑에 만들어 주었다. 제비가 안전하게 집을 지을 수 있도록 하기 위해서이다. 해가 바뀌면 제비가족이 다시 찾아오기를 바랐다. 그런데 이듬해 봄이 다시 찾아왔건만 제비가족은 우리 집에 얼굴도 내밀지 않았다. 마음이 허공처럼 쓸쓸했다. 하지만 제비가족이 언젠가 다시 찾아오리라는 한 가닥의 희망마저 버리고 싶진 않았다.

매년 우리 집에 봄빛이 완연해도 우리 집 근처엔 제비가족이 비상하는 모습을 볼 수가 없는 게 속상했다. 제비는 사람이 만든 인공 구조물을 기피하고 자기 스스로 집을 지어야만 직성이 풀리는 새인가 보다.

이제 제비가족들이 우리 집에는 영영 오지 않을 것 같은 어두운 생각이 고개를 들기 시작했다. 기대감이 서서히 사그라지자 생의 의

욕마저 떨어져 갔다. 제비의 고정관념을 바꿀 수 없을 거라 단정하고, 금년에도 제비가 찾아오지 않는다면 처마 밑에 설치한 받침대를 떼어내려고 작정했다. 인공의 구조물 때문에 제비가 오지 않는가 싶었다.

그런데 이게 웬일인가. 올해 6년 만에 제비가 날아와 내가 만들어 놓은 받침대에 집을 짓고 있는 것이다. 합판을 떼어내지 않은 게 천만다행이다. 성급하게 생각한 나머지 합판 받침대를 일찍 없앴더라면 우리 집 처마에 제비의 보금자리는 못 볼 뻔했다.

참는 자에게 복이 오고 염원하는 자의 꿈은 언젠가 이루어지는 것인가 보다. 너무 조급하게 서둘지 말고 끈기를 가지고 오래 기다려 볼 일이다. 빨리 이루어지지 않는다고 미리 포기하거나 단념해서는 안 될 것 같다. 목표가 실현되는 날은 원래 더디게 찾아오는지도 모른다.

나는 지금 설레는 마음으로 학수고대하고 있다. 새끼 제비들이 '지지배배' 지저귀는 생명의 합창소리가 들리는 환희의 날을.

김상호 수필집
오월의 들꽃처럼

인 쇄 / 2010년 11월 5일
발 행 / 2010년 11월 19일

지은이 / 김 상 호
펴낸이 / 서 정 환
펴낸곳 / 수필과비평사

등 록 / 1984년 8월 17일 제28호
주 소 / 서울시 종로구 익선동 30-6
          운현신화타워 빌딩 2층 208호
전 화 / (02) 3675-5633 (063) 275-4000
E-mail / essay321@hanmail.net

값 10,000원

ISBN   978-89-5925-776-8   03810

*지은이와 협의하여 인지를 생략합니다.
*잘못된 책은 바꿔드립니다.

본 행사에 따른 경비는 제주문화예술육성사업 지원금의 일부를 지원 받았습니다